2A Verlag

Robin Bade

Wie im Juli

ISBN 978-3-929620-43-6

Veröffentlicht im 2A-Verlag, 2009
© 2A-Verlag / Akademie freier Autoren e.V., Hamburg
Gesamtherstellung:
2A-Verlag / Akademie freier Autoren e.V., Hamburg
Printed in Germany
Umschlaggestaltung: Robin Bade

Prolog

»Nimm das Messer!«, befahl er laut und hielt es mir direkt vor die Nase.
»Was hat er nur vor?«, dachte ich schweißgebadet.
»Was soll ich tun?«
»Schneide dir die Kehle auf«, sagte er kalt. »Nun los! Komm schon. Dann ist wenigstens eine der verlogenen Stimmen hier still.« Wieder hörte ich seine schrille Lache ertönen.
Apathisch nahm ich das Messer, spürte die eiskalte Klinge an meinem Hals und drückte sie mit einer schnellen Bewegung eine Handbreite unter meinem Kinn entlang. Warmes Blut spritzte dunkel auf Sand und Kleidung und lief, wie ein junger Fluss aus einer neugeborenen Quelle, meinen Hals hinunter. Mein Kopf war gedankenleer, doch ich wusste, dass ich in dieser Nacht keine Angst mehr haben brauchte.

Marko

1.

Eine alte Treppe, weiß wie Porzellan, bewachte ihr Haus. Wenn Fremde kamen, fürchteten sie oft, sie könnten sie beschmutzen.
Heute, an einem windigen Spätsommertag, schien diese Furcht etwas genommen worden zu sein. Alte Blätter lagen auf den Stufen, verweilten kurz und wurden hinfort getragen. Die Schaukel, die im kleinen verwilderten Garten davor stand, quietschte leise, wenn sich eine Böe erbarmte, an ihr vorbei zu wehen.
All das bemerkte Marla nicht. Sie schlief in ihrem Zimmer auf der anderen Seite des Hauses. Sie schlief und träumte. Das tat sie nun schon seit Wochen.
Manchmal, wenn sie wach war und die Kraft fand, stand sie auf und stapfte durchs Haus. Wir hörten nur die Dielen unter ihren zarten Füßen knarren.
Sie lebte noch hier – das war sicher. Sie lachte uns aus den Fotos von den Wänden zu. Doch wach angetroffen, hatten wir sie schon eine kleine Ewigkeit nicht mehr.
Und stören, »auch mal wach?« fragen, wollten wir nicht, wenn sie sich überwand, ihr Zimmer zu verlassen. Es war auch schon so ein kleiner Fortschritt.

Die Veranda war vollgestellt mit Kram. Harken, Eimer, alte Handtücher und Schaufeln warteten nur darauf, endlich weggeräumt zu werden. Doch sie fanden keine Beachtung.
Es schien, dass die ganze Nachbarschaft mittlerweile von Marlas Zustand unterrichtet war. Aber vielleicht wusste auch schon die ganze Stadt schneller Bescheid, als wir drei, die nun schon seit 2 1/2 Monaten in Marlas Haus saßen, abwarteten und irgendwie versuchten, da zu sein. Da zu sein für jemanden, der nur schlief.
Womöglich fehlte den Nachbarn auch einfach das fröhliche Lachen an Sonntagnachmittagen oder das Türen-

zu-schmeißen mitten in der Nacht, wenn sie von einer Feier aus der Stadt nach Hause kam.
Ganz klar hatte sich etwas verändert. Und wenn eine Seele in einer Siedlung erkrankt, schläft dort niemand mehr so fest wie in den Jahren zuvor.
Ab und an nickten uns ein paar westviller Mitbürger mitleidig über die Zäune ihrer Grundstücke zu und beinahe jeden Freitag kam eine ältere Frau vorbei, brachte uns Gebäck und erkundigte sich nach Marlas und unserem Zustand. Und schon seit Wochen antworten wir kurz und knapp: »Alles wie bisher...«

Zu essen schien sie auch kaum.
Wie im Film stellten wir ihr morgens ein Tablett auf den Nachttisch. Eine Frühstücksration für einen nicht gerade hungrigen Menschen – eigentlich. Doch Marla kam damit einen ganzen, manchmal sogar zwei Tage lang aus.
Wir drei redeten auch kaum noch miteinander. Es passierte einfach nichts und die Tage zogen sich wie Jahre dahin. Öfter spielten wir Karten oder beschäftigten uns mit anderen Dingen, die wir in den Schubladen fanden. Wir putzten.
»Ich kann nicht glauben, dass ich schon zum zweiten Mal diese Woche den Fußboden gewischt habe. Und dabei ist es erst Mittwoch!«, hörte ich Eira sagen.
»Ich frage mich auch, wer von euch hier immer mit nassen Füßen durch die Küche läuft. Ihr Kerle seid echt komisch.« Es war aufmunternd gemeint, denn ich wusste, wie sie mich die letzten Tage angesehen hatte. Doch ich konnte nicht mehr als gezwungen lächeln.
»Wir laufen hier alle Gefahr verrückt zu werden, wenn wir nur trauern und nichts dagegen tun. Und besonders, weil wir nicht wissen, was mit ihr los ist«, hatte irgendwer gesagt. Oder hatte ich das, nur in einer durchwachten Nacht, gedacht? Alles verschwamm in diesem grauen Schleier der Aussichtslosigkeit und Langeweile.

Die Fotos von glücklich verbrachten Tagen malten so unwirklich helle Stellen an die dunkelroten Wände, dass man sich gar nicht mehr traute, sie anzuschauen ohne danach zu blinzeln, um gegen das flaue aufgekommene Gefühl anzukämpfen, welches die Realität einem in diesen Tagen bescherte.

Wir kannten niemand in dieser Stadt. Abgesehen von den Nachbarn, die wir gesehen und später durch die Namen an den Briefkästen zugeordnet hatten.
Die Straße, die wir zum Einkaufen langgingen, war typisch für die Gegend. Kleine Vorgärten, mit holzvertäfelten Häusern dahinter. Die Grundstücke meist abgeteilt durch kleine Lattenzäune oder einfache Hecken, aus denen hin und wieder ein bisschen Maschendraht hervorschimmerte.
Vielleicht lag es daran das wir hier nicht aufgewachsen waren, denn alles hier schien uns abzustoßen. Es fühlte sich nicht so wie zu Hause an. Und *zu Hause*, das vermissten wir sehr.

Der Kioskbesitzer war ein netter Kerl. Etwa 30 und natürlich einheimisch. Ein rundes Gesicht, mit einem schwarzen, sorgfältig geschnittenen Bart, saß auf seinem dicken, roten Hals, und er hatte eine Schwäche für karierte Baumwollhemden.
»Der Typ riecht wie seine Pommes«, sagte Patrick und grinste mich an. »Ist mir auch schon aufgefallen. Er ist bestimmt selbst sein bester Kunde. Jedenfalls wenn's um heißes Fettiges geht«, witzelte ich. »Na seit der die Friteuse hat, steht er doch morgens extra früh auf, um auf Arbeit zu kommen. Und weit weg von hier, wird er auch nicht wohnen«, sagte Patrick augenrollend. »Meinste, der wollte nie weg aus Westvill?«
»Nee, ich glaub, dem gefällt's hier. Das Haus hinter'm Kiosk ist doch bestimmt das seiner Mutter.«
Zum ersten Mal ertappte ich mich beim Lachen.

Ein Glück, dass ich nicht alleine bei Marla sein musste. Eira und Patrick hatten sofort zugesagt, als ich sie damals anrief. Dass es so lange dauern würde, hatte natürlich keiner von uns erwartet. Wir verstummten, als wir näher kamen. »Morgen Jungs. 'Ne Cola und 'ne Packung Marlboro wie immer?«, begrüßte er uns. Wir nickten beide ab und ich fragte ihn nach Freizeitmöglichkeiten hier im Dorf oder in der näheren Umgebung. Er überlegte. »Hmm, was unternehmen, wollt ihr also... Ich kann mein altes Radio lauter drehen, dann ham wir hier 'ne kleine Disko. Wie wär's?«, lachte er laut los und wir grinsten solidarisch. »Ansonsten fällt mir aber nix ein, was Jungs in euerm Alter interessieren würde. Is'n ruhiges Örtchen hier, müsst ihr wissen.« »Ja, haben wir schon mitbekommen«, sagte ich niedergeschlagen. Anschließend bezahlten wir, wünschten ihm einen schönen Tag und schlenderten die Straße zum Haus zurück. »Westvill ist echt die perfekte Kulisse für einen traurigen Film«, meinte ich, als sich eine graue Wolkenwand über unsere Köpfe schob. Patrick sah mich an, sagte nichts.

2.

Ein frostiger Windhauch blies durch das angeklappte Fenster, links von mir. Hatte der gestrige Abend ziemlich warm geendet, begann dieser Morgen umso kälter. Ich stand auf und bereitete mich auf einen neuen, langweiligen Spätsommertag vor. Einen Tag, den man gut hätte mit der Clique zu Hause verbringen können, würde sich nicht meine beste Freundin, ein Zimmer weiter, in einem tiefen seelischen Schlaf befinden.
Durch den Türspalt drang der Geruch von aufgebackenen Brötchen in mein Zimmer. Ich zog mich schnell an und stapfte die Treppe runter. »Na ausgepennt, Schlafmütze?«, begrüßte mich Eira, die aus mir unbekannten Gründen ziemlich gute Laune hatte. Sie deckte gerade Besteck und Himbeermarmelade auf. Patrick saß am Tisch, die Beine überschlagen auf einem leeren Stuhl und las einen Katalog vom örtlichen Reisebüro.
»Ja, ist ja super kalt heute«, gähnte ich. »Und Pat, wo soll's hingehen?«
»Ach, hier sind nur scheiß Hotels und Orte drin. Eigentlich wollen die gar nicht, dass man aus Westvill abhaut. Haben bestimmt Angst, dass man nicht mehr wieder kommt, wenn man erstmal was anderes gesehen hat.«
Er legte den Katalog weg und griff zum Nutellaglas.
Der Fernseher schwafelte leise aus dem Raum gegenüber vor sich hin. Küche und Wohnzimmer waren nur optisch mit dicken Holzbalken voneinander getrennt.
»Mach das Ding doch wenigstens während des Essens aus, Schatz«, sagte Eira und schaute ihren Freund bestimmend an. »Aber Frühstücksfernsehen ist doch das beste am ganzen Tag«, entgegnete Patrick gespielt entrüstet.
Ich grinste. Die beiden waren jetzt zwei Jahre zusammen und sie kamen mir von Tag zu Tag mehr wie ein altes Ehepaar vor.

Ich setzte mich. Die rot-weiß karierte Plastiktischdecke betrog den Tag, indem sie unsere Runde wie ein Picknick aussehen ließ. Doch eigentlich konnte man unsere Situation eher mit der ängstlichen Ungeduld in einem Wartesaal beim Arzt vergleichen. Patricks hellbraune Akustikgitarre, ich vermutete aus Fichtenholz, lag auf der Couch. Ich hatte ihn noch bis spät in die Nacht aus meinem Zimmer spielen hören. Ich nahm mir eins der dampfenden Brötchen aus der hellgrünen Holzschale, die wie immer in der Tischmitte platziert war und überlegte, was ich dazu essen wollte.

Eira saß, im Schneidersitz, auf dem schwarzen Ledersessel im Lesezimmer und las einen dicken Schinken, welchen sie vor ein paar Tagen im alten Eichenregal an der Wand entdeckt und interessant gefunden hatte. Es war ein Fachbuch, das Marlas Mutter gehörte. Sie war Doktorin in einem Krankenhaus, auf der Station für Geisteskrankheiten. Früher hatte mir Marla öfters von einigen besonders schlimmen Fällen berichtet, die ihr ihre Mutter erzählt hatte. Einmal hatte sich einer ihrer Patienten für einen Vogel gehalten und war aus dem dritten Stock seines Zimmers gesprungen. Als er mit gebrochenen Knochen unten im Busch, vor dem Krankenhaus lag, hatte er den Ärzten geantwortet, dass ihm klar geworden wäre, dass er ein Pinguin sei und keine Elster, wie er bisher annahm. Ich kann mich noch gut dran erinnern wie Marla mir das erzählte. Sie hatte, vor Lachen, Tränen in den Augen und musste die Geschichte viermal anfangen bevor sie bis zum Ende kam.
Hin und wieder überkam mich die Angst, hier auch verrückt zu werden, aber das schrieb ich meinem pessimistischen Verstand zu. Und für solch eine banale Geschichte aus ihrem Mund hätte ich mittlerweile so einiges gegeben.
»Weißt du, Marko, wenn du so da stehst«, begann Eira grinsend und sah abwechselnd ins Buch und zu mir

»lässt das darauf schließen, dass du schon mal jemanden umgebracht hast.« Sie lachte und sah mich mit finsterem Blick an. »Ey komm. Hör auf, mich mit deinem Halbwissen zu analysieren. Sonst hab ich bald echt wen auf'm Gewissen«, sagte ich und guckte mindestens genauso teuflisch zurück.
Patrick kam vom Flur ins Zimmer. Er hatte gerade geduscht und seine strubbeligen Haare ließen kleine Tropfen auf sein T-Shirt fallen. Über der Hüfte trug er noch ein rosa Duschhandtuch. »Sag ma, baggerst du meine Freundin an?«, fragte er grinsend. »Wenn du 'ne Morddrohung als flirten interpretierst – dann ja!«, entgegnete ich. »Och na, dann mach ruhig weiter – wobei, wer kocht für uns, wenn sie nicht mehr da ist?« Eira warf das Buch mit empörtem Gesichtsausdruck auf den kleinen Holztisch und ein paar Stifte rollten auf der anderen Seite über die Kante und landeten auf dem Parkett. »Ihr Ärsche, das gibt's ja wohl nicht. Ab heute esst ihr nur noch vegetarisch!« Wieder hatte sie ihr fieses Lächeln aufgesetzt und verließ den Raum, ohne uns eines Blickes zu würdigen. Patrick sah ihr geschockt hinter her. »Ich hoffe, das meint sie nicht ernst. Aber was ich eigentlich fragen wollte: Haste nachher Lust auf 'ne Runde Fußball im Garten? Ich war gestern, als du noch geschlafen hast, mit Eira auf'm Markt und hab 'n Ball gekauft.« »Joar klar. In einer halben Stunde, okay? Ich wollte noch 'n Kapitel in dem Buch hier lesen«, sagte ich und deutete auf das schwarze Cover eines Jugendromans, den ich in der letzten Woche begonnen hatte. Er nickte und verließ das Zimmer.
Die Sonne kündigte sich mit goldenen, lang gezogenen Rechtecken auf den Holzdielen nahe der Fensterfront an.

3.

Ich schreckte hoch. Glühte überall.
»Irgendwer schrie... Irgendwer schrie...«, drang es leise in meinen Verstand. Meine Hand tappte nach der Lampe zu meiner Linken. Es klickte und der Raum wurde in ein unheimliches Dimmerlicht getränkt. Wieder Schreie. Wenn auch gedämpft. Diesmal nahm ich es wahr. »Was passiert hier nur?«, dachte ich, als ich auf den Flur stürmte. Das Holz ächzte. Ich lief die Treppe runter, zwei Stufen auf einmal nehmend. Ein kalter Hauch blies mir entgegen. Der Morgen war noch längst nicht wach. Ich sah mich unten um. Die Tür stand auf. »Marko!«, sprach mich Patrick an und tauchte aus der Dunkelheit des Wohnzimmers auf.
Ich erschrak. »W-was ist hier los?«
Auch er war gerade erst aus dem Bett hoch geschreckt, das offenbarte seine Frisur. »Marla ist weg.«
Der Moment gefror. Seine Worte hallten in meinem Kopf und ich bekam eine Gänsehaut. Ich hörte ihn dumpf weiter sprechen. Er erzählte aufgeregt, gestikulierte wild und zog seine Jacke vom schweren Holzständer, der mit lautem Knall gegen die Wand stieß. »...Komm, wir müssen sie suchen. Zieh dir was an! Eira ist schon draußen. Los jetzt. Los!« Wie im Reflex, rannte ich in die Küche und nahm meinen Pulli vom Tisch, an dem wir letzte Nacht gesessen hatten. Brotreste regneten auf die hellen Fliesen. Kurz bevor ich die Tür zuzog, warf ich einen Blick auf die alte Uhr, die am Balken über der Treppe hing. »*02:32 Uhr*«, verriet sie tickend.

Nach zehn Minuten Herumirren schlugen unsere Herzen fast so laut, wie wir atmeten. Wir waren gelaufen. Es war so ein Moment, in dem man besser keine Zeit verliert, das war uns klar.
Wir kamen gerade an ein paar ungepflegten Schrebergärten vorbei, als Patrick plötzlich »Hast du sie?«

schrie. Ich drehte mich zu ihm um und sah den Mond aus den Augenwinkeln. Er stand an seinem höchsten Punkt und schaute, wie ein weit geöffnetes Auge, zu uns herunter. Ich verfluchte ihn, weil er Marla bestimmt von dort oben sehen konnte.
»Wo?... Okay... ja. Ja wir kommen«, sagte Patrick und ich begriff, dass er telefonierte. Er steckte sein Handy weg und sah mich an. »Sie ist auf diesem Spielplatz, wo wir waren, als wir am ersten Tag den Kiosk gesucht hatten. Kennst du den Weg?« Ich nickte, rief »Folg mir!« und lief los.
Alles schwankte.
Ich rannte so zielstrebig, als wäre dies mein alter Schulweg, und hoffte still bei mir, dass meine Füße sich genauso sicher waren wie mein Kopf. Vier Minuten später kamen wir an.

Das Licht, das durch eine alte Lerche brach, ließ den Spielplatz seinen ganzen Sinn verlieren. Wie ein Netz lag die Nacht auf diesem Ort, wo vor vielen Jahren noch Kinder spielten. Die Parkbänke, die ihn einrahmten, waren mit weißen, roten und schwarzen Graffiti beschmiert. Die grauen Metallmüllkörbe quollen über. Und der Rost an den Geräten schrie nach traurigen Kindertagen, nach »Seht mich nicht an!«. Nach allem, was ihm die Nacht nicht geben konnte.
Das Gras glänzte grau und trocken an den Stellen, wo es noch nicht völlig von Dreck und Maulwurfshaufen verdrängt worden war.
Eira kauerte auf einer der Parkbänke. Direkt ihr gegenüber saß Marla auf einer Schaukel. Sie trug ihr weißes Schlafkleid. Die Zipfel waren dreckig und nass.
Ich konnte es nur vermuten, doch ich denke, sie war barfuss hierhergekommen.
Sie schaute nach unten. Sah uns nicht an.
Auf Zehenspitzen, als fürchteten wir laute Geräusche würden Marla aufschrecken, gingen wir zu Eira. »Eira,

was ist mit ihr? Hat sie schon was gesagt?«, wollte ich wissen. Sie wandte ihren Kopf von Marla ab. Ich sah, dass sie geweint hatte.
»I-ich hab nach ihr geschaut. Hatte so 'n komisches Gefühl irgendwie. Schlafen kann ich ja eh nicht in diesen Betten. Sie war nicht in ihrem Zimmer. Und dann ist die Tür unten zugeknallt. Ich hab mich so erschrocken...« Sie schluckte. Ihre blonden Locken klebten ihr im Gesicht. »...dann bin ich nach unten gelaufen. Ich weiß nicht... Ich glaub, ich hab sie hinter der Hecke des Nachbargrundstücks verschwinden sehen. Vielleicht hab ich's mir auch nur eingebildet...«
Patrick setzte sich zu ihr und legte seinen Arm um sie.
»Du hast also geschrien, nicht sie? Hat sie denn schon was gesagt? Haste versucht mit ihr zu reden? Verdammt Eira, jetzt sag doch was!«, sagte ich viel lauter und barscher als ich es eigentlich wollte, und gleich darauf tat es mir Leid.
Diese Situation war einfach zu viel für mich.
Wie Marla dort eingeschüchtert, nicht in der Lage etwas an ihrem Zustand zu ändern, auf der Schaukel saß, brach mir das Herz.
»Ey man! Lass sie, für sie ist das auch nicht einfach.«
»Ja, ich war's«, erzählte Eira stockend weiter. »Sie hat noch nix gesagt. Ich will doch nur wissen, was mit ihr los ist...«, brach sie erneut in Tränen aus und ich zitterte.
Pat wies mich mit einer Handbewegung an, zu Marla zu gehen. Mein Herz pochte schnell, ich hatte Kopfschmerzen und mir war schlecht vom nächtlichen Laufen, als ich vor Marla stand und nach Worten suchte.
»Hey, was machst 'n hier?«, fragte ich, denn etwas Besseres fiel mir nicht ein.
Ich wollte hoffnungsvoll, vor allem einfühlsam klingen, doch meine Fassungslosigkeit ließ sich nicht überspielen und färbte meine Frage schrill und absurd.
Sie sah immer noch nicht hoch.

Gerade als ich ihren Arm berühren wollte, fing sie an zu sprechen. Es war nur ein Flüstern. Eira und Pat schienen es gar nicht zu bemerken. Es klang wie »Im letzten Juli«, doch als ich am Morgen danach darüber nachdachte, hätte es auch alles andere sein können.
»Was, Marla? Wie war das?«, fragte ich leise. Ging auf die Knie und versuchte ihre Augen zu sehen, die von ihren herunterhängenden Haaren versteckt wurden. So, als wehrte sich der Geist, der sie gefangen hielt, dagegen, jemandem Zugang zu ihrer Seele zu gewähren.
Marla wiederholte die Worte nicht.
Und so hielt ich es für an der Zeit, dass wir alle nach Hause gingen. Ich nahm mir ein Herz und berührte Marlas nackten Arm. Wollte ihr ein Zeichen geben, dass wir aufbrechen wollten und dass sie von der Schaukel runterkommen sollte. Plötzlich zuckte sie am ganzen Körper zusammen und stieß mich hart weg. Ich fiel völlig überrascht nach hinten über und landete im Sand, der kalt und nass vom kommenden Morgen war.
Das Paar auf der Bank verstummte. Diese ruckartige Geste war selbst ihnen, in dieser starren Nacht, nicht entgangen.
Marlas Arme klammerten sich wie besessen an die kleinen Stahlringe, die die Schaukel am Gerüst hielten. Dann, ohne ein Anzeichen, erschlafften ihre Finger und sie fiel rücklings auf den Boden.
Obwohl sie fast neben mir lag, war Patrick als Erster bei ihr. Er zog sie mit Mühe hoch und schleppte sie auf die Bank zu Eira.
»Wo bin ich?«, fragte sie leise und sah sich so verdutzt um, als hätte man einen Schlafenden aus seinem schönsten Traum gerissen.
Ihre Stimme klang zart und schwach. Man merkte deutlich, dass sie eine Ewigkeit nicht mehr benutzt worden war. Wir sahen sie erstaunt an und ich erzählte ihr im Groben, was in der letzten halben Stunde passiert war. Doch schon bei den ersten Ausführungen wurden ihre

Augen glasig und sie verschwand wieder in ihrer tonlosen Parallelwelt.
Und so gingen wir nach Hause, die Sterne über unseren Köpfen und Marla auf unsere Schultern gestützt.

Es waren nur drei Worte um drei Uhr nachts, doch zu mindestens für mich waren es Worte, die die letzten schweren Monate vergessen machten.
Nicht so für Eira.
Sie wirkte am nächsten Morgen immer noch erschrocken und aufgebracht und als wir drei am Frühstückstisch saßen und das letzte, viel zu harte Brot aßen, eröffnete sie uns, dass sie gehen wollte.
»Ich halte das nicht mehr aus... Ihr wisst, sie und ihr könnt immer auf mich zählen. Aber ich muss mal wieder in meinem eigenen Bett schlafen und mir über mein eigenes Leben klar werden. Das zieht mich alles völlig runter hier.«
»Wie wahr«, dachte ich und sagte: »Das ist schon okay. 'Ne Woche werd ich auch ohne-« »Ich rede von länger, Marko. Vielleicht für immer«, unterbrach sie mich. »Ich halt es in DIESEM HAUS nicht mehr aus. Hast du dich nie gefragt, wo Marlas Eltern bleiben? Oder warum keine Verwandten hierherkommen? Ich glaub es liegt-«
»...an diesem Haus?!«, schnitt ich ihr das Wort ab.
»Das meinst du nicht ernst, Eira?! Komm schon, wir sind in keinem Film. Klar, es ist schon komisch, hier den ganzen Tag, in dieser seltsamen Stadt herumzugammeln, wo nichts passiert. Und sicher könnte man soviel Besseres machen. Aber damit hat erstens das Haus nichts zu tun und zweitens liegt unsere beste Freundin mit mehr als nur 'nem Problem oben in ihrem Zimmer.«
Sie stierte mich an, während ich mein Messer an einer neuen Brotscheibe abschmierte, die ich mir gerade auf meinen Teller gelegt hatte.
»Verdammt noch mal! Tu nicht so, als wenn ich das nicht weiß, Marko«, bellte sie mit zusammengekniffenen

Augen. »Trotzdem fällt mir hier die Decke auf'n Kopf und ich ertrag es nicht, das es mit Marla einfach nicht bergauf geht. Ganz im Gegenteil. Was war das denn gestern? Das... Das ist doch alles nicht normal!«
Ihre Stimme zitterte und kurz herrschte Stille. Von Patricks Kauen abgesehen.
»Ich bleib jedenfalls hier!«, sagte ich und versuchte die Sache ins Lustige zu ziehen: »Marla ist doch schon viel gesprächiger geworden.«
»Und ich werde heute Abend nach Hause fahren, egal, was ihr sagt«, entgegnete Eira mit festem Blick und schaute, auf Antwort wartend, zu ihrem Freund rüber. Er atmete tief durch. Anscheinend war ihm klar geworden, dass er dem Thema nicht länger aus dem Weg gehen konnte und sich in den nächsten Sekunden für Marla und mich oder für seine Freundin entscheiden musste. Die Antwort kam wie erwartet.
»Ja ich... okay. Ich komm mit«, stotterte er und sah keinen von uns beiden an.
»Wie bitte?« Ich sprang auf. Mein Besteck landete laut klirrend auf dem Fußboden. »Leute, wollt ihr mich verarschen?« »Hey, tut mir leid, man. Ich komm auch in zwei Wochen wieder und dann bring ich 'ne Playstation mit... und dann zocken wir die nächste Zeit. Ich muss auch 'n paar Dinge zu Hause klären. Verstehste doch, oder?«
Ich glaubte es nicht, dass ich nun bald alleine mit Marla in diesem riesigen, alten Haus festsaß. Besonders nach dem letzten Vorfall, der erst ein paar Stunden zurücklag.
»Ja okay, dann geht halt...«, sagte ich zähneknirschend und hob Messer und Gabel von den Fliesen auf. Auf Streit hatte ich an diesem Morgen wenig Lust. Die letzte Nacht hing mir noch in den Knochen und dieses Pärchen von irgendetwas abzubringen, war mir noch nie gelungen.

4.

Ich kam gerade vom Fußballtraining und wollte meine verschwitzten Sachen in den Wäschekorb im Keller bringen, als das Klingeln unseres Telefons von oben durch das terrakottafarbige Treppenhaus hallte. Ich drehte auf halbem Weg um und sprintete die grauen Betontreppenstufen bis zum dritten Stock hoch. Lief durch die offene Haustür, direkt zum Telefon im Flur. Als ich den hellgrünen Plastikhörer abnahm, hörte ich schon jemanden sprechen. »Ich weiß es auch nicht, Hermann, vielleich-« »Hallo?«, fragte ich verdutzt ins Telefon. »Äh ja, Guten Tag. Sprech ich da mit Herrn Dorn?« Die Stimme klang aufgeregt. »Ja, da sind sie richtig«, antwortete ich. »Sehr schön,...dann kennen Sie eine Frau Porz aus Westvill?« »Ja natürlich, Marla, wieso fragen Sie?«, wollte ich gespannt wissen. Sie sprach zu jemand, der wohl mit ihr im selben Raum war. »Siehst du, Hermann, er kennt die kleine Porz... nun wissen Sie«, redete sie weiter, während ihre Stimme zitterte. »Wir haben... Verstehen Sie uns nicht falsch, wir sind nicht diese neugierige Art von Nachbarn. Wir waren besorgt, weil wir so lange kein Licht mehr im Haus gegenüber brennen sahen und... ich hoffe, ich spreche mit dem Richtigen darüber... wissen Sie, wir haben ihre Telefonnummer im Haus gefunden. Gehören sie zur Familie?« Irgendwas stimmte nicht, das wurde mir schnell klar. »Nein, ich bin mit ihr befreundet«, sagte ich aufgeregt und fügte hinzu: »Sehr gut befreundet – was ist mit Marla?« Man merkte, dass die Frau mit der matt klingenden Stimme ihre Gedanken ordnete.
»Ja nun... da wir keine weitere Nummer haben... also wir wohnen gegenüber und wir haben Marla am Gartenhaus gesehen. Sie sah wirklich nicht gut aus, das junge Ding. Und da wird man natürlich aufmerksam. Und wir haben die nächsten Tage weiter drauf geachtet, mein Hermann und ich und nun sind schon fast zwei Wochen vergan-

gen, wissen Sie? Und da haben wir uns dazu entschlossen, einfach rüberzugehen und zu klingeln… Wir wollten mal nachfragen, ob alles mit ihr in Ordnung wäre. Wissen Sie, wir sind eine kleine nett-« Ich wollte, dass sie endlich zum Punkt kam.
»Was ist mit ihr?«, fragte ich deshalb erneut, etwas lauter und bestimmter, nach.
»Nun, sie hat nicht aufgemacht, und deshalb ist mein Mann über den Gartenzaun gestiegen. Nicht, dass Sie das Falsche denken, wir konnten ja nicht einfach wegseh-« »Ja, ja, schon gut…« Sie hustete laut in den Hörer. Ein langes krankes Husten, das mich nun endgültig darauf schließen ließ, dass es sich um eine alte schrullige Rentnerin am anderen Ende handelte.
»… die Tür hinten am Haus stand auf und so sind wir eingetreten.« Sie schluckte. »Und dann haben wir sie oben in ihrem Bett gefunden. Sie hatte dreckige Sachen an und – oh es war schrecklich – können sie sich das vorstellen?«
Ich war mir sicher, dass sie darauf keine Antwort erwartete, hielt inne und schwebte zwischen Anspannung und Übelkeit. Was war mit Marla?
»Das arme Ding saß einfach nur auf dem Bett. Ihre Hände waren voller blauer Tinte und… sie sprach nicht. Ich hab ja schon viel gesehen. Wissen Sie, ich war damals Krankenschwester in einem-«
»Sagen Sie mir bitte, was dann geschehen ist!« Ich hatte wirklich keine Lust mehr auf die ewigen Ausführungen einer alten Frau, in deren Leben schon seit Jahrzehnten nichts mehr passiert war. Ein Räuspern war zu hören. Wahrscheinlich, weil ich sie nicht aussprechen ließ. »Nun, wie ich bereits sagte, sie hat nicht gesprochen bisher. Wir wollten Sie zu Doktor Beier bringen. Er ist der Mediziner bei uns im Städtchen. A-aber das junge Ding war nicht in der Lage dazu. Sie wirkte völlig erschöpft, wissen Sie. Und so haben wir ihn dann ins Haus der Porz kommen lassen. Er hat ihr Bettruhe ver-

ordnet und meinte, wenn die Eltern wiederkommen würden, sollten sie einen... ach Herr Gott... wie hieß dieser Arzt... Hermann?... Hermann? ... Nun, einen speziellen Arzt in der Stadt kontaktieren. Wissen Sie, die Porz fahren schon seit einigen Jahren zu dieser Zeit in den Urlaub. Das haben wir auch dem Doktor gesagt. Nur bisher waren sie nie so lange fort. Herr Dorn?...«
Ich dachte nach und so vergingen einige Momente bis ich begriff, dass sie mich angesprochen hatte. »Ja?«
»Sie wissen nicht zufällig, ob sich die Eltern noch immer im Urlaub befinden? Eine Frechheit, dass sie nicht daheim sind, wenn es ihrer Tochter so schlecht geht.« Sie hustete wieder.
Ich konnte kaum noch zuhören. Mein Kopf tat weh. »Ja, nein... äh... ich weiß nicht, warum sie noch nicht wieder zu Hause sind. Ich werd versuchen, nach Westvill zu kommen. Sagen Sie, wann ist das alles vorgefallen?«
»Wir sind gerade erst, seit einigen Minuten, wieder zu Hause eingekehrt. Wissen Sie, wir haben ihre Nummer im Haus der Porz gefunden und-«
»Ja, vielen Dank. Das ist wirklich sehr nett von Ihnen. Ich werde sehen, dass ich heute noch zu Marla fahren kann. I-Ich würde Sie dann noch mal kontaktieren, wenn es Ihnen recht ist.« »Aber natürlich«, antwortete sie nun wieder gefasst. »Hermann und ich bewohnen das grüne Haus mit dem schwarzen Dach – Hermann und Inge Nahlik... Leider sind die Kinder ja schon vor-«
»Ja, vielen Dank noch mal. Ich melde mich, Frau Nahlik«, unterbrach ich sie, weil ich keine Zeit verlieren wollte. »Auf Wiedersehen.«
Klack.
Das Telefon schwieg. Ganz im Gegensatz zu meinem Verstand. »Ich muss etwas unternehmen!« Dieser Satz nahm alles in meinem Kopf ein. Er verdrängte, was ich in den Wochen davor geplant und überschrieb jegliche Versprechen, Leute zu besuchen, die ich schon Ewigkeiten nicht mehr zu Gesicht bekommen hatte.

Es ging um Marla.
Es ging um die Person, die mir immer noch am meisten bedeutete. Zum Glück hatte ich die nächsten Monate zur freien Verfügung, bevor mein Auslandsjahr begann. Und so rief ich noch in derselben Stunde meinen besten Freund Patrick an und erzählte ihm so schnell es ging von meinem Vorhaben. Packte anschließend meine Sachen zusammen und fuhr mit der Bahn nach Westvill.

5.

Am nächsten Tag stand ich erst gegen Mittag auf. Eira war immer die treibende Kraft gewesen, uns alle morgens um halb neun am Frühstückstisch zu sehen. Patrick und ich hatten keine Chance, sie vom langen Ausschlafen überzeugen zu können. Dabei waren unsere Argumente gut. »Mir egal, ob ihr frei habt. Bei uns zu Hause hat man gesagt: *Das gemeinsame Essen hält die Familie zusammen*, und das gilt auch für Freunde. Außerdem will ich nicht, dass Marla aufwacht und es steht kein Frühstück an ihrem Bett.«
»Das Frühstück für Marla! Verdammt«, dachte ich. Zog schnell einen meiner Pullover aus dem dicken runden Eichenschrank gegenüber von meinem Bett, und tapste erst einmal in die Küche. Machte Frühstück, für sie und mich.
Es war echt einsam ohne die anderen beiden. In den letzten zwei Wochen, hatten wir uns zwar auch nichts mehr zu sagen gehabt, aber dennoch war es schön, Pats Gitarrenspiel zu lauschen oder Eira beim ständigen Putzen über das Putzen schimpfen zu hören. Ich grinste. In dem Moment fiel mir mein Brötchen auf den Fußboden.
Patrick und Eira mussten die drei letzten Brötchen im Brotfach scheinbar übersehen haben, denn für gewöhnlich hatten die zwei einen Mordshunger und ließen kaum mehr als ein paar Krümel übrig. Mein Lächeln erstarb augenblicklich...
Als ich das Brötchen aufhob, fragte ich mich, ob Eira so gründlich sauber gemacht hatte, das man es jetzt noch essen konnte. Entgegen allem Vertrauen warf ich es weg und machte mich auf den Weg zum Kiosk.
Es tat gut, auch mal woanders über die Dinge, die nun schon fast zwei Tage zurücklagen, nachzudenken. So schlenderte ich die Allee wie schon hunderte Male zuvor entlang und wie meist, war ich der Einzige in dieser

Straße. Ich schaute auf meine Schuhe. Der Schlamm von der Nacht auf dem Spielplatz klebte immer noch daran. Ich blieb stehen.

»Vielleicht ist es albern«, dachte ich, »aber was, wenn es irgendwelche Anzeichen gab, die wir dort übersehen haben.« Mein Herz begann wieder schneller zu schlagen. Ich hatte genügend Zeit, und auch wenn ich nicht daran glaubte, dass dieser Ort bei Tageslicht einladender aussah, drehte ich um und begab mich auf den Weg dorthin.

10 Minuten später berührten meine Turnschuhe den flüchtig bekannten Sandboden, auf dem nur vereinzelt kleine Grasflecken die Tristesse dieser Kulisse überlebt hatten.

Alles war so leblos wie zuvor. Selbst Vögel schienen diesen Ort zu meiden. Und wieder einmal überkam mich das Gefühl, das hier mal etwas Schreckliches passiert sein musste. Etwas worüber niemand sprach – vielleicht weil es keine Zeugen dafür gab.

Ich stieg über die vermoderte Holzpflockbegrenzung, die dieses deprimierende Bild im Rahmen zu halten schienen. Dort wo die alten Spielgeräte Schatten warfen, war der Boden immer noch nass. Ich setzte mich auf die Bank, auf der Patrick und Eira gesessen hatten, und dachte nach.

»Was hatte Marla hier gesucht? Hatte sie überhaupt etwas gesucht? Wenn nicht, warum war sie dann hierhergekommen? Oder war es nur die reine Willkür ihres Schlafwandelns? Wieso sah sie so ängstlich aus, als sie bemerkte, wo sie aufgewacht war?« Für all das fielen mir keine Antworten ein. Ich versuchte mich so gut es ging, in ihre Lage zu versetzen. Versuchte, mir die Nacht wieder ins Gedächtnis zu holen. Mit allen Details, jedem Gefühl, das ich hatte und an Marla feststellen konnte.

Ich stand auf und ging zur Schaukel auf der sie gekauert hatte – wie ein Engel, den Gott in der verregnettes-

ten Nacht, ohne Ziel auf die Erde geschickt hatte. Doch sie war schon immer hier. War unsere Freundin. Einst meine Marla. Und nun einfach nur noch ein trauriges Rätsel.
Kurz bevor ich mich setzte, fiel mir etwas auf, das jemand vor Ewigkeiten auf die Oberseite der Schaukel geritzt haben musste.
»Verloren im letzten Juli, findest du dich hier einen Schnitt entfernt wieder«,
stand dort im aufgequollenen Holz.
Unerkenntlich waren Risse hinter diesen Satz geschnitten. Vielleicht war der Text nicht zu Ende geschnitzt worden. Oder es waren einfach natürliche Einkerbungen der Zeit und des Gebrauchs. Auch wenn ich mir schwer vorstellen konnte, dass dies jemals ein gut und gerne besuchter Platz für gedankenlos spielende Kinder gewesen war – eigentlich war es auch nichts Ungewöhnliches, irgendeine Schmiererei an diesem heruntergekommenen Ort zu finden... Plötzlich traf es mich.
Im Juli, im Juli...
Hatte Marla nicht etwas vom Juli geflüstert? Und hatte sie nicht auf eben dieser Schaukel gesessen?
Der Wind wehte Blätter von der Straße auf den Spielplatz und sprach somit ihr endgültiges Todesurteil. Ich ließ mich vor die Schaukel in den Sand fallen. War wie im Wahn.
Wollte, dass mein Kopf sofort etwas Sinnvolles ausspuckte. Oder dass dieser Ort meinem verzweifelt nach Anhaltspunkten suchenden Körper einen kleinen weiteren Hinweis gab. Einen Lichtstrahl, der die Dinge erhellte. Warum ich hier saß, warum sie vor zwei Tagen hier herkam und ob es überhaupt irgendwelche Zusammenhänge zwischen dieser Stadt und Marlas Veränderung gab. Doch der Augenblick schwieg und ich saß in ihm fest.

6.

Als es leise zu tröpfeln begann, beschloss ich nach Hause zurückzukehren. Versuchte mir ein Reim auf all das zu machen. Beobachtete die Umgebung genau. Hinterließ Schuhabdrücke im feuchten Sandboden, der vom Spielplatz weg zu Marlas Haus führte. Ich ging schneller, während die schwachen Tropfen dunkle Kreise auf meinen dünnen Pullover zeichneten. Ich sprang über einen alten Holzzaun, um meinen Rückweg abzukürzen und bemerkte ein verwildertes Haus. Dass dieses Gebäude leer stand war offensichtlich, selbst in dieser verlassenen Stadt. Die Fenster waren von den Besitzern mit Holzplatten zugenagelt worden. Man bekam den Eindruck, dass sie so schnell es ging ihre Sachen gepackt hatten, denn auf dem Rasen standen noch Gartenstühle, die mittlerweile halb vermodert waren und ein alter Plastiktisch. Die Wände waren, wie schon der Spielplatz, mit größtenteils dunkelrotem Graffiti verziert worden.

»Eigentlich ungewöhnlich«, wie mir auffiel. War dies mit dem Spielplatz doch der einzige beschmierte Ort in der Stadt. Und mittlerweile war ich mir sicher, ganz Westvill zu kennen. Gähnende Langeweile hatte Patrick und mich damals öfter aus dem Haus in die Umgebung getrieben. Eira war stets daheim geblieben, in der Hoffnung; dass Marla zu ihrem alten Verhalten zurückfinden und einfach die Treppe heruntergerannt käme und »Hey, warum seid ihr denn schon wieder so früh wach?« fragen würde. Doch bis auf die Nacht vor ein paar Tagen, verließ sie nie die oberste Etage.

Eine alte Weide, die auf dem sonst ziemlich leeren, verwilderten Grundstück stand, malte mit ihren dünnen knochigen Ästen und der dicht bewachsenen dunkelgrünen Krone kein wirklich einladendes Bild in den Tag. »Wenn es den Begriff *Geisterbaum* gab, war dieser hier das perfekte Beispiel«, dachte ich mir, mit einem flauen

Gefühl im Bauch. Ich sah mir den Baum genau an. Mir fiel auf, dass ich ihn schon aus dem Flur von Marlas Haus gesehen hatte. Wenn man sich in der obersten Etage vor ihrem Zimmer am Fenster befand, hatte man, über ein paar ungeliebte Gärten, einen direkten Blick auf seine unheimliche Präsenz.
»Wie oft ich wohl schon dort oben am Fenster gestanden und nachgedacht hab?«, fragte ich mich, kurz bevor ich das Grundstück durch die ächzende Metalltür verließ. Zwei Minuten später betrat ich die weiße Treppe von Marlas Haus. Mittlerweile war ich vollkommen durchnässt.
Nachdem ich mich umgezogen und meinen Pullover über die Bettkante gehängt hatte – mein Zimmer musste mal das Schlafzimmer der Eltern gewesen sein, ging ich ins Lesezimmer, sah mir zum hundertsten Mal das Bücherregal an. Hoffte vielleicht ein Buch zu finden, welches ich noch nicht gelesen oder durchblättert hatte.
Durch das Fenster neben mir sah ich nach draußen auf den Rasen. Kleine Pfützen hatten sich gebildet und spiegelten den kontrastlosen grauen Himmel. An den rasenlosen Stellen verschluckten kleine Schlammseen zunehmend den Vorgarten.
Mir fielen zwei Bücher aus dem Regal, als ich versuchte, eines der Bücher die Eira gelesen und auf dem ovalen Tisch vor dem Schrank liegengelassen hatte, im überquellenden Regal unterzubringen. Einer der herausgefallenen Wälzer war »*Moby Dick*« und erinnerte mich sofort an meine Schulzeit, die nun auch schon eine Weile zurücklag. Das andere war ein dickes, abgenutztes, blaues Buch, das nun aufgeblättert auf dem Teppich lag. »Was hat denn das hier zu suchen?«, fragte ich mich und bemerkte ein Foto, das mir bei meiner geschickten Aktion aus einem der beiden Bücher gefallen sein musste. »Sicherlich nicht aus Moby Dick«, sagte ich mir und hob es auf.

Marla war darauf zu sehen. Sie war vielleicht 13 oder 14 Jahre alt, also noch etwas jünger, als ich sie damals kennen lernte. Sie trug ein ausgewaschenes, schwarzes Placebo T-Shirt und grinste auf ihre ganz besondere Art in die Kamera. Neben ihr saß ein Junge, mit blonden Haaren und ebenfalls einem Bandshirt an. Auch er lachte und man sah das Sonnenlicht auf seiner Zahnspange blitzen. Sie saßen an einen Baumstamm gelehnt. Ich bekam ein komisches Gefühl, wie ich die beiden dort sitzen sah. War ich auch nur kurz mit Marla zusammen gewesen, war sie doch immer noch mehr als eine gute Freundin für mich. Und Eifersucht war stets eine meiner Schwächen.
Das Foto muss irgendwo in dieser Stadt aufgenommen worden sein, das erkannte ich an dem typischen Lattenzaun im Hintergrund. Ich drehte das Bild um, in der Hoffnung eine Jahreszahl oder einen sonstigen Vermerk drauf zu finden, aber bis auf die Spuren alter Flüssigklebe war die Rückseite leer. Ich legte es auf den Tisch, setzte mich in den knarrenden Schaukelstuhl am Fenster und betrachtete das Buch in meinen Händen. Es war in blau gefärbtes Leder gehüllt, eindeutig ein Einzelstück und das Cover zeigte ein für mich undefinierbares Muster. Es sah auf den ersten Blick aus wie eine Blume. Aber je länger ich darauf starrte, desto mehr ähnelte es einem Hexenzirkel.
Ich musste an den Film *»Blair Witch Projekt«* und die aus Zweigen zusammengebundenen Figuren in den Bäumen denken, als ich es endgültig aufschlug, um darin zu lesen.

7.

Hey Tagebuch,

ich war gestern Abend wieder bei Benjamin. Er ist echt toll. Hat mir ein total süßes Gedicht geschrieben. (Werd dir das morgen auf jeden Fall abschreiben.) Und er hat mich geküsst! War total romantisch Wir sind jetzt zusammen!!!

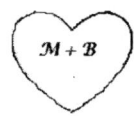

M + B

Kann dir jetzt gar nicht viel mehr schreiben. Wir treffen uns gleich bei ihm zu Hause. Er hat vor 5 Minuten angerufen. Seine Eltern sind spontan in die Stadt gefahren.
Er klang total süß am Telefon.
♡ ♡ ♡
Ich schreib dir morgen alles, muss mich noch schick machen
grins, grins.

- Marlala

PS: Wir wollen heute Fotos machen. Ich freu mich so.

Ich sah auf.
Regentropfen schlugen an die Scheibe und liefen schnell Richtung Fensterkante. Der Himmel war noch viel dunkler geworden, was wohl am voranschreitenden Tag lag.
Benjamin, hieß der Typ auf dem Foto also.

»Vielleicht wohnt er ja immer noch hier«, kam mir in den Sinn. »Aber wenn dem so wäre, warum war er dann noch nie hier aufgetaucht und hatte sich nach Marlas Zustand erkundigt?« Mit dieser Frage im Kopf las ich weiter...

Als ich das Buch abends aus der Hand legte, war ich noch längst nicht durch. Ich hatte erfahren, dass Benjamin in Marlas unmittelbarer Nähe wohnen musste. Hatte die Stelle gefunden an der das Foto eingeklebt war. Hatte alles Mögliche erfahren, was ich über Marla bisher nicht wusste. Und neben der Müdigkeit, die in mir aufkam, bekam ich auch ein schlechtes Gewissen, weil ich all das gelesen hatte – was sie sicher niemandem erzählen wollte. Auch wenn es nur verliebte, nette Dinge eines 14-Jährigen Mädchens waren.
Ich versuchte mich damit zu beruhigen, dass ich das nur getan hatte in der Hoffnung, einen Hinweis auf ihren aktuellen Zustand zu finden. Und das entsprach schließlich auch der Wahrheit.

So saß ich noch eine dreiviertel Stunde im Schaukelstuhl, guckte mir immer wieder das Foto an und ging dann, als es langsam aufhörte zu regnen, schlafen.
Vorher schaute ich noch bei Marlas Zimmer vorbei und flüsterte ein *»Schlaf schön«* in die Richtung ihres Bettes.

8.

Der nächste Tag begann besser als der letzte. Ich wachte auf und mein Zimmer war so hell, wie es die vergilbten, spießigen Gardinen am Fenster zuließen.
Nach den notwendigen Dingen, die man am Morgen zu erledigen hat, inklusive des Essentabletts für Marla, für das ich noch zum Supermarkt, etwa 15 Minuten Fußweg, musste, da der Kühlschrank komplett leer gefegt war, ging ich in den Garten hinter dem Haus – das blaue Tagebuch in meiner Hand.

Mit Patricks Auto, einem 13 Jahre alten Volvo, den er von seinem Vater geschenkt bekommen hatte und der schon mehr aus Rost als aus weißem Lack bestand, waren wir zum Anfang der drei Monate mit Marla in die Stadt gefahren. Sie hatte sich nicht gewehrt, saß allerdings die ganze Zeit ohne einen Ton zu sagen im Auto und schaute apathisch aus dem Fenster.
Zu der Zeit waren wir alle noch ziemlich geschockt davon, wie wir Marla in ihrem Haus vorgefunden hatten und versuchten sie immer wieder zum Reden zu bewegen. Vor allem wollten wir aber wissen, was mit ihr nicht stimmte. Und so hatten wir den Beschluss gefasst, in der ersten Woche in die Stadt zu fahren, um einen Arzt zu kontaktieren. Der Besuch dort war sehr ernüchternd.
Dr. Schwarz war ein alter, nervöser Mann, der ständig mit seinen Fingerkuppen auf der Kante seines Eichentisches rumtrommelte. Sein Besprechungsraum war ziemlich klein und voller »*Hepatitis B – Lassen Sie sich untersuchen*«-Plakaten und anderen bunten Postern mit guten Ratschlägen.
»Frau Porz«, begann er damals so monton zu sprechen, wie es wahrscheinlich nur ein Arzt fertigbekam »hat typische Symptome, die auf einen Schock zurückzuführen sind. Physisch geht es ihr einwandfrei. Das zu ihrer Be-

ruhigung...leider kann ich ihnen keine weiteren Auskünfte geben, da sie nicht zur Familie gehören oder einen Erziehungsberechtigten mitgebracht haben... und da Frau Porz sich nicht äußert...« Er machte eine kurze Pause, als er unsere fassungslosen Gesichter sah, und fuhr dann fort. »Ich würde ihnen allerdings eine Überweisung zu einem Psychologen schreiben, da ihr Zustand wirklich ernst zu nehmen ist. Aber zu dem müssten sie dann auch mit einer erziehungsberichtigten Person erscheinen. Ohne wäre dort ebenfalls keine Behandlung, beziehungsweise Sitzung möglich. Tut mir wirklich Leid.« Und das tat es uns auch. Kopfschüttelnd verließen wir seine Praxis.
Patrick fluchte noch die ganze Rückfahrt und den ganzen Abend über den Arzt. Wir hatten daraufhin versucht, mit Eiras Mutter, die in der Nähe wohnte, mehr zu erreichen. Aber auch das scheiterte an Vorzimmerschwestern und Ärzten, die nicht über ihre Schatten und Regeln springen wollten. Und so saßen wir die nächsten Wochen in Westvill fest und hofften, dass die Zeit das heilen würde, was Marla schweigen ließ.

Der hintere Teil des Gartens war nur ein Drittel so groß, wie alles, was vor der Veranda auf der anderen Hausseite lag. Das Einzige, was dieses Grundstück von den restlichen dieser Wohnsiedlung unterschied, war der frisch gemähte Rasen, denn das hatte Patrick am Tag vor seiner Abreise noch schnell erledigt. Ansonsten glich eins dem anderen.
Zwei Bäume standen auf dem Grundstück, wovon einer ziemlich verkümmert war. Und zwischen ihnen stand ein kleiner Schuppen, in dem sich für gewöhnlich der Rasenmäher und die Dinge befanden, die seit Monaten auf der Terrasse lagen.
Ich konnte mich erinnern, hier vor ein paar Jahren mal mit Marla, bei einem meiner Besuche, Federball gespielt zu haben. Einer der Schläger hatte Patricks Niederlage

gegen mich vor ein paar Wochen nicht überstanden und hing nun im größeren der beiden Bäume. Ich grinste und vertiefte mich wieder in das Tagebuch vor mir.

Ich las Marlas erste Sommerwochen und wie Benjamin und sie sich verliebten. Er gab sich wirklich Mühe. Schrieb ihr Gedichte, schenkte ihr Blumen, machte ihr Komplimente und sang ihre Lieblingslieder mit ihr – und sie war glücklich. Doch dann an einem Montag – wie ich später beim Zurückblättern feststellte – begann es, dass er keine Zeit mehr für sie hatte, weil er mit seinen Eltern in die Stadt fuhr. Das kam in den folgenden Wochen fast täglich vor und Marla schrieb in einem späteren Eintrag:

Hallo Tagebuch,

ich versteh das zurzeit alles nicht. Was ist das bloß mit ihm? Er muss ständig in die scheiß Stadt und hat kaum noch Zeit für mich.

Ich vermiss ihn so.

Seine Eltern schleppen ihn fast jeden Tag in der Woche zu so einem Arzt. Das kann doch nicht an seiner Diabetes liegen oder? Auf meine SMS hat er heute auch noch nicht geantwortet. Und letzten Samstag war er auch irgendwie anders...
Was machen die da mit meinem Schatz? Was machen die da mit ihm???

Meine Mutter meinte letztens »Ich sollte ein bisschen aufpassen bei ihm«. Als ich wissen wollte warum, wusste sie's auch nicht genau. Aber weißt du was? –

Es ist mir egal was sie sagt! Sie kennt ihn gar nicht, oder weiß wie toll er ist. Ich denk, ich werd gleich mal bei ihm vorbei schauen... Vielleicht ist er ja schon wieder zu Hause.

- Marla :-(

Die Seite war leicht gewellt und nach dem Umblättern sah ich, dass Marla geweint haben musste, denn der nächste Eintrag war vollkommen verschmiert und man konnte Tränenflecken im Text erkennen.
Mein Herz klopfte und ich beugte mich näher über das Buch.

Tagebuch,

~~ich kann~~ ich weiß nicht was da eben passiert ist. Er war da...ich hab ihn durchs Fenster gesehen, als ich ankam. Er lag auf dem Küchentisch, und ich hab angeklopft und da war Blut - er hatte Blut an ~~den Armen~~ seinen Handgelenken. Er lag wie tot da...und er hat nicht hochgesehen. Ich bin

Damit war der Eintrag zu Ende.
Ich bemerkte die Gänsehaut auf meinen Armen. Mein Puls schlug schnell. Ich blätterte um – doch das Buch war zu Ende. Das Buch...
»Das Buch kann nicht zu Ende sein«, dachte ich fassungslos und blätterte hektisch die letzten fünf, sechs leeren Seiten durch. »DAS BUCH KANN NICHT ZU ENDE SEIN!«
»Warum hat sie nicht weiter geschrieben? Was hat sie abgehalten?« Mein Körper verkrampfte sich. Ich war mir sicher, dass dieser Eintrag und dieser Tag irgendet-

was mit Marlas Schweigen zu tun hatte. Ganz egal, ob das nun schon drei Jahre zurücklag.

»Vielleicht sind da noch mehr Bücher im Schrank oder im Haus«, hoffte ich, nachdem ich das Buch noch zwei weitere Male durchblättert hatte. Ich sprang auf und rannte durch die Hintertür zum Regal im Lesezimmer.

9.

Ich sah auf meine Uhr. Sie war um 19:20 Uhr stehen geblieben. »Verdammt!«, dachte ich und blickte zum Himmel. Es musste gegen Neun sein, denn es begann langsam dunkel zu werden. Die Luft hatte sich abgekühlt und es war viel angenehmer als auf der Herfahrt. Nachdem ich das dunkelbraune Tor gemustert und weder ein »*Vorsicht Hund!*«-Schild noch eine Klingel entdeckt hatte, betrat ich das Anwesen Orchideenweg 6.
Links und rechts, bis zur Vorderfront des Hauses, war der Vorgarten durch mannshohe Thujahecken vor den Blicken der Nachbarn geschützt. Das Haus hatte sicherlich den gleichen Architekten wie alle Häuser in dieser Straße. »Vielleicht sogar in der ganzen Stadt«, dachte ich. Denn einen besonders modernen, eigensinnigen Eindruck hatte Westvill heute und bei meinen vorherigen Kurzbesuchen nicht gemacht.
Die Treppe wurde von zwei dicken Holzbalken, die das Vordach hielten, bewacht. Sie waren wie das restliche Haus in einem cremefarbenen Weiß gestrichen.
Auf der nachträglich eingebauten Plastik-Klingel neben der Haustür konnte ich »*Familie Wilter*« lesen. Weiter oben war nochmals die goldglänzende Hausnummer angebracht. Als ich näher an die Tür trat, konnte ich von drinnen dumpf einen Fernseher hören. Die Lautstärke des Gerätes ließ mich sofort auf das Alter der Bewohner schließen.
»Wer weiß, ob sie mich überhaupt hören?«, dachte ich bei mir und drückte den Klingelknopf zum zweiten Mal. Erneut erklang der grässliche drei-Ton, den man aus nahezu jeder Wohnung kannte. Viel schneller als erwartet öffnete jemand die Tür. Und im nächsten Augenblick stand ein etwa 55-Jähriger kahlköpfiger Mann vor mir.
»Guten Abend, junger Freund«, lächelte er mich an. Er hielt eine große braune Zigarre in der linken Hand und streckte mir die rechte zum Gruß hin.

»Wie kann ich dir helfen? Ich bin Herr Wilter, wenn du meine Frau suchst, die fiebert gerade vor'm Weltempfänger mit. Und unter uns... ich würde sie nicht stören.« Er lachte.
Ich war mehr oder weniger entsetzt, von seiner überschwänglich offenen Art, als ich seine Hand schüttelte. »N'abend. Marko Dorn mein Name. Ich bin ein Freund von Marla Porz, von nebenan. Ich wollte nur mal fragen, ob ihnen in der letzten Zeit etwas Ungewöhnliches bei ihren Nachbarn aufgefallen ist.« »Hmm...«, er überlegte und kratze sich dabei am Kopf, »komm doch erstmal rein.«
Zigarrenrauch stand im Flur. Ich folgte ihm über die knarrenden Dielen, in Richtung des lärmenden Fernsehers. »Sue!«, rief er in das Wohnzimmer. »Sue... hier ist ein Freund von Maries Tochter... Sue!«
»Jaja. Ich komm schon«, vernahm ich leise hinter den breiten Schultern Herrn Wilters und im nächsten Augenblick kam eine Frau im Rollstuhl zur Zimmertür gefahren. Im Gegensatz zu ihrem Mann, der ein Hemd mit Karibikmuster und eine kurze Leinenshorts trug, war sie weit weniger farbenfroh gekleidet. Auch ihr Blick wirkte ernster. Vielleicht weil ich sie bei ihrem Krimi gestört hatte.
»Was gibt es denn?«, fragte sie ohne eine Begrüßung, und bevor ich antworten konnte, sagte ihr Mann: »Er hat gefragt, ob uns was aufgefallen wäre, in Bezug auf die Porzels.« Wieder lachte er und es schallte im schmalen Flur. Sie strich sich durch ihr graues Haar und sah nachdenklich aus. Offensichtlich fand sich Herr Wilter in unserer Runde am lustigsten. »Lass uns in die Küche gehen, Karl«, sagte sie und ich folgte den beiden. Wir setzten uns auf weiße Korbstühle. Überhaupt schien Weiß die dominierende Farbe im Haus der Familie zu sein. Bis auf das schwarze Dach und das blaue Sofa im Wohnzimmer war alles langweilig, einfarbig gehalten.

»Ich will dich nicht mit Black Earl, wie der alte Herm', nerven.« Herr Wilter zwinkerte mir zu und ich grinste zurück.»Möchtest du einen Orangensaft?«»Ja danke«, sagte ich durstig von der langen Bahnfahrt im stickigen Zugabteil und den ellenlangen Ausführungen der Nahliks, aus denen ich auch nicht schlauer geworden war.
»Sue, schenkst du ihm mal bitte was ein?«»Soll ich etwa aufstehen?«, zeterte sie ihn an.
Zum ersten Mal erstarrte Herr Wilters fröhlicher Gesichtsausdruck.»'Tschuldigung...«, flüsterte er ihr zu und stand schnaufend auf.
Während er ein Glas aus dem Schrank nahm und den Kühlschrank öffnete, erzählte er mir mit trauriger Miene, dass seine Frau erst seit ein paar Monaten im Rollstuhl saß und er sich immer noch nicht voll und ganz daran gewöhnt hatte. Jetzt erst fiel mir auf, dass keine Rampe hoch zur Haustür führte und sämtliche Türen im Haus ausgebaut waren.
»Er kam um die Ecke. Hatte gerade alle Waren in der Stadt eingekauft-«, erzählte Frau Wilter aufgebracht. »Er hat gesagt, die Sonne stand tief. Kennen sie sich hier schon etwas aus? « Ich verneinte stumm.»Da stehen überall Bäume und Häuser. Da kann keine Sonne durchscheinen und um die Uhrzeit ist die eh schon lange hinter den Hügeln versunken. Er hat einfach nicht aufgepasst, sag ich. Er hat-«»Susanne, ist gut. Wir wollen den jungen Herrn nicht mit unseren Problemen belästigen.«
Sie schüttelte den Kopf und fuhr zurück ins Wohnzimmer. Die ausgehängte Küchentür stand an den Kühlschrank gelehnt.
Er sah ihr nach, fasste sich und setzte wieder seinen freundlichen Blick auf. Nebenbei drückte er seine Zigarre im Aschenbecher, der neben dem Blumen auf dem Esstisch stand, aus und fragte interessiert: »Es geht also um die Familie Porz? Ist denn etwas vorgefallen?«
»Nun, das wollte ich eigentlich von Ihnen wissen... Sie

nannten den Namen von Marlas Mutter. Kennen Sie ihre Eltern gut?«»Marie, Frau Porz, hat früher mit meiner Sue Sport getrieben«, er zeigte auf ein Bild an der Wand. Herr und Frau Wilter und noch ein paar andere Personen waren darauf zu sehen. Unter anderem auch Marlas Mutter. Die Frauen lächelten von zwei Fahrrädern in die Kamera, während die Männer sie festhielten. Auf dem Boden stand eine silberne Schale und ein ganzer Haufen Blumensträuße war um sie verteilt.
»1999 – Zweiter Platz im Teamsprint der Frauen Susanne Wilter & Anne-Marie Porz für das Team deak.tel«, stand auf der Trophäe. Ich schluckte. »Das tut mir wirklich Leid. D-das mit ihrer Frau«, sagte ich benommen. »Schon okay, Junge. Wir haben alle unser Kreuz zu tragen...« Er atmete tief durch. Man merkte, dass er nicht gerne über dieses Thema sprach, und ich hatte auch nicht vor weiter darauf einzugehen.
Einen kurzen Augenblick herrschte peinliche Stille, dann redete er zum Glück weiter. »Marie hat sich schon seit ungefähr vier Wochen nicht mehr bei uns gemeldet. Das letzte Mal hatten sie kurz vor'm Urlaub angerufen. Schilangebirge, kleine Holzhütte. Wohl ziemlich gemütlich zu zweit. Sie fahren da jedes Jahr einmal hin und bringen wieder Schwung in ihre Ehe.« Er grinste.
»Sie waren also auf den Weg in den Urlaub...«, fragte ich nach, »und wollten schon vor Wochen wieder da sein?« »Ja, aber leg jetzt nicht alles so auf die Goldwaage. Kann auch sein, dass der letzte Anruf erst drei Wochen her ist oder zwei oder fünf. Jedenfalls haben sie sich schon seit 'ner Weile nicht mehr gemeldet. Du musst wissen, dass wir beide 'n bisschen durch'n Wind sind, seit dem Autounfall... Hab deshalb im letzten Vierteljahr auch nicht so aufmerksam über'n Gartenzaun geschaut. Da müsstest du mal bei den Nahliks, zwei Häuser weiter, nachfragen.« »Da war ich schon«, lachte ich, während die letzten Rauchwolken der Zigarre schwach aus dem Aschenbecher empor stiegen.

10.

Es wurde langsam Herbst und mit den Blättern, die nun endgültig anfingen, ihr Sommerkleid zu verlieren, und von den Bäumen fielen, schwand auch meine Hoffnung auf einen besseren Tag. Einen Tag mit Happy End in dieser traurigen Geschichte, in der ich eine ungeliebte Hauptrolle spielte. Auf einen Tag, an dem Marla wie durch ein Wunder wieder die Alte wäre.
Ich saß am Küchentisch und beobachtete eine Schar Fliegen, die versuchten ins Haus zu kommen, um den kommenden kalten Temperaturen zu entfliehen, die ihr Todesurteil bedeuten würden. Sie scheiterten an der Fensterscheibe und wurden langsam müde von ihren stetig scheiternden Versuchen. Irgendwie fühlte ich mich mit ihnen verbunden. So wie ich hier saß und einfach nichts tun konnte, um die Dinge zu ändern.
Die Uhr vom Balken über der Treppe tickte monoton und ich wartete auf mein Schicksal. Und es nervte mich unheimlich, dass ich die ganze Wohnung mehrmals ohne Erfolg abgesucht hatte. Keine weiteren Bücher, keine Hinweise, nichts. Oder hatte ich doch irgendwo etwas übersehen? Gab es überhaupt etwas zu finden oder war ich auf einer ganz falschen Spur? Wer in der Vergangenheit gräbt, stößt schließlich immer auf Dinge, die einem Bauchschmerzen bereiten. Aber nicht alles, was in der Gegenwart schlecht ist, hat tiefe, dunkle Wurzeln.

Das blaue Buch, was sicherlich selten soviel Beachtung wie in den letzten Tagen bekommen hatte, lag schweigend auf dem Küchentisch. Als würde es sich ausruhen, von all den neugierigen Blicken und feuchten, erwartungsvollen Händen, die es immer wieder aus dem Schlaf der abgelegten Erinnerungen gerissen hatten.
Gleich neben dem Tagebuch stand noch mein Teller von gestrigen Abend. Auch er blieb stumm. Gegessen hatte ich heute noch nichts. Hunger hatte ich keinen, genauso

wenig wie Lust, irgendetwas zu tun, was nicht mit der Suche nach Spuren und Hinweisen zu tun hatte.
Doch mir schien, dass ich alle Schubladen und Ecken durchsucht hatte, und so raffte ich mich auf, doch etwas Nützliches zu tun. Endlich sollten Harken und Besen, die sicher nicht mehr daran geglaubt hätten, von der Veranda in den Schuppen geräumt werden.
Der Wind wehte mir hart entgegen, als ich die Tür öffnete, so dass ich mein Vorhaben am liebsten sofort wieder abgebrochen hätte. Dennoch marschierte ich einige Augenblicke später, mit einer Schaufel und zwei verbeulten Blecheimern, von denen einer mit dreckschwarzen Putzlappen und einer alte Taschenlampe gefüllt war, durch das Haus in den hinteren Garten. Links und rechts war keine Spur von der neugierigen Nachbarschaft zu sehen. Alle Gardinen waren zugezogen, alle Türen und Tore abgeschlossen. So als sollte niemand hinter die Fassade dieser friedlichen Kleinstadtsiedlung schauen.
Der Laubhaufen auf dem Grundstück der Wilters hatte sich in der gestrigen, stürmischen Nacht über ihren ganzen Hinterhof verteilt. Überall lagen nun gelbe, rote und vereinzelt grüne Blätter und abgebrochene Zweige von den umliegenden Bäumen. Genau diese Spuren des Herbstes zertrat ich auf meinem Weg zum Schuppen. Denn auch Marlas Garten war vom Jahreszeitenumschwung nicht verschont geblieben. Ich stellte die Eimer und den Besen vor der Tür ab, um den richtigen Schlüssel am Schlüsselbund ausfindig zu machen, als mir auffiel, dass die Schuppentür einen spaltbreit offen stand. Verwundert machte ich sie auf und tastete nach dem Lichtschalter, der eine Sekunde später die surrende Birne an der Decke zum Leuchten brachte.
Links neben der Tür war ein Arbeitstisch samt Schraubstock. Ein halbfertig gebautes Gewürzregal lag neben ein paar Schrauben und einem Hammer darauf.

Und wieder einmal hatte ich so ein ungutes Gefühl und musste an das Haus mit den vernagelten Fenstern denken. Auch hier roch es nach schnellem Aufbruch. Oder als wenn jemand einfach nicht wiedergekommen wäre.
Nachdem ich alles auf einer größeren Holzkiste abgelegt hatte, ging ich zurück, holte die nächsten Dinge und verstaute sie ebenfalls im Schuppen.
Als ich den ganzen Krempel endlich von der Veranda geschafft hatte, drehte ich den Schlüssel im Schloss um und ging ins Haus. Abendbrot machen.

11.

Nachts klingelte es plötzlich unten an der Tür. Ich wachte auf, mein Kissen fiel neben das Bett. Dann, Klopfen. »Hallo?«, klang es leise von unten. »Hallo? Ist jemand da?« Es war eine Männerstimme. Genervt stieg ich aus dem Bett und ging die Treppe runter.

»*04:10 Uhr*«, sagte die Uhr und schien kein bisschen müde.

Meine Hand, die wie aus Reflex über die Kommode fasste, griff ins Leere. Ich betätigte den Lichtschalter neben der Tür und sah durch den Spion. Hermann Nahlik stand vor der Tür. Er wirkte aufgeregt. »Hören Sie« krächzte er, »machen Sie doch bitte die Tür auf!«
»Würd ich ja gerne«, antwortete ich und ließ den Blick nochmals über die leere Oberfläche der Kommode schweifen, »aber ich find den Schlüssel nicht. Worum geht es denn? Können Sie hinten zum Gartenzaun kommen?« »Gut, gut«, sagte er und ich hörte ihn die Treppe runtergehen.
Ich öffnete die Schubladen – nichts. »Das gibt's doch gar nicht!«, schimpfte ich immer noch ziemlich verschlafen. Ich war mir sicher, dass ich den Schlüssel dort vor dem Schlafengehen abgelegt hatte. So wie jeden Abend.
Ich ging Richtung Hintertür. Diese wurde nur mit einem Schalter von innen zugemacht. Das Mondlicht schien durch das halbzerrissene Fliegengitter und malte überriesige Vierecke in die Küche. Der Schalter zeigte nach unten und als ich ihn hoch zog bemerkte ich, dass ich die Tür soeben verschlossen hatte.
»Moment«, dachte ich und drückte ihn in die andere Richtung, »heißt das, dass die Tür die ganze Zeit offen stand?« Sofort war ich hellwach. »Irgendwas stimmt hier nicht«, klang es in meinem Kopf. Ich trat raus in

den Garten. Sah mich um. Es war ziemlich kalt.«»Viel zu kalt«, fand ich, wie ich in T-Shirt und Shorts die kleine dreistufige Holztreppe runterschritt.
Ich wartete, bis Herr Nahlik rechts am Zaun erschien. Dass er humpelte, hatte ich schon beim ersten Treffen mit der Familie bemerkt. Er war in die Küche gestapft, um seinen geliebten Black Earl Tee zu holen. Aber zu dieser Uhrzeit und bei diesen Temperaturen kam mir einfach jede Sekunde unerträglich lang vor.
Nach zwei Minuten erschien er endlich schnaufend hinter den Holzlatten. »Herr Dorn, ich-« Er erschrak. Ich sah ihn an. Er blickte mit großen, weit geöffneten Augen hinter mich. Ich hielt die Luft an und drehte mich um. Der Wind wehte laut hörbar übers Dach.
An die weiße Hauswand gepresst, die durch ihre Täfelung unheimliche Schatten warf, stand Marla. Ihre Augen waren aufgerissen und sie trug wieder ihr weißes Schlafkleid, welches sie fast eins mit der Wand werden ließ. Doch sie stand wahrhaftig da. Mit einem Gesichtsausdruck, den ich nicht deuten konnte. Als ich sie ansprach, sah ich den Schlüsselbund in ihrer Hand.
»Marla. Was machst du hier?«, fragte ich ungläubig. Sie antwortete nicht. Natürlich nicht…
Tausend Gedanken wehten wild, wie Herbstlaub, durch meinen Kopf.»Was hatte das alles nur zu bedeuten? «
Hinter meinem Rücken meldete sich Hermann, immer noch atemlos, wieder zu Wort: »Deswegen bin ich vorbeigekommen. Inge hat sie im Garten gesehen und ihr kam das nicht geheuer vor. Ist alles in Ordnung mit ihr?« »Wenn ich das nur wüsste«, flüsterte ich benommen, ohne mich umzudrehen. Ich konnte den Blick einfach nicht von ihr abwenden. Ihr Kleid flatterte zart im Wind…

Nachdem ich Herrn Nahlik weggeschickt und ihm eine gute Nacht gewünscht hatte, lief Marla wie ein Geist an mir vorbei, polterte die Treppe hoch und verschwand

wieder in ihrem Zimmer. Ich blieb auf der Treppe sitzen, geschockt von dem was sich da eben abgespielt hatte. Mir war nicht mehr kalt – ich spürte nichts, saß einfach da und war erneut in Fragen vertieft, die mir keiner beantworten konnte.
Die ersten Vögel begannen auf den Häuserdächern und Bäumen der Nachbarschaft zu singen. Und als hätten sie damit den Morgen geweckt, wurde es nur kurze Zeit später hell am Horizont. Die Bergspitzen der Erhebung östlich von Westvill wurden als Erste sanft vom kommenden Tag berührt.
»Was macht ihr noch hier?«, fragte ich leise in die Richtung des Vogelgesangs. »Wollt ihr denn nicht endlich fort?« Doch galt dieser Satz nicht vielmehr mir?
Der Tau auf dem Rasen glitzerte kalt. Und plötzlich traf es mich wie ein Blitz: *Der Schlüsselbund, der Schuppen.* Deshalb war Marla hier. *Die Fußspuren.* »Hatte sich Eira nicht aufgeregt, das immer irgendwer mit nassen Füßen durch die Küche lief? «
Ich bekam Kopfschmerzen, weil ich noch mehr Hinweise finden wollte. »Wie oft war Marla schon in den Garten gegangen? In den Schuppen...« Ich überlegte. »Was kann sie dort gesucht haben?«
Patrick hätte an dieser Stelle wahrscheinlich »Das Gewürzregal« gesagt. Doch für solche Gedanken hatte ich jetzt keine Zeit.
Ich nahm mir vor schlafen zu gehen, weil ich mich hundemüde fühlte und die Kälte doch langsam meinen ganzen Körper umklammerte. Und morgen bei Tageslicht würde ich dann den Schuppen durchsuchen. Ich lief noch schnell über den nassen Rasen zum Gartenhaus und wie ich vermutet hatte, stand die Tür auf. »Marla muss von Hermanns Klingeln erschreckt worden sein«, nahm ich an, als ich wieder ins Haus ging.
Man sah die Fußspuren glänzen, die ihre zierlichen Füße auf der Treppe und dem Flur hinterlassen hatten.

Das Schlüsselbund wollte ich in dieser Nacht unter meinem Kopfkissen aufbewahren.
Nur um sicherzugehen.
Außerdem würde ich morgen einen neuen Versuch wagen, mit Marla zu sprechen. »Irgendwann muss sie sich mir doch mal öffnen«, hoffte ich still, bevor ich einschlief.

12.

Kalte Herbstluft drang durch den Fensterspalt in mein Zimmer, als wollte der Tag mich wachrütteln. Ich gähnte und griff zu meinem Handy. Es war 12 Uhr – wirklich Zeit zum Aufstehen. Immerhin wollte ich noch den Schuppen auseinandernehmen und mit Marla reden. Das Gespräch mit ihr, wenn es überhaupt dazu kommen würde, wollte ich führen, wenn ich ihr das Essen reinbrachte. Und so stieg ich aus dem Bett und ging in die Küche.
Ich stellte ein Glas Orangensaft auf das Blechtablett, welches die Sonne, die durchs Fenster schien, reflektierte und hell und übergroß an die Wand warf.
Irgendwie fühlte ich mich seltsam. Ich hatte schon eine ganze Weile nicht mehr versucht mit Marla zu sprechen. Das letzte Mal waren Eira und Patrick noch hier.
Auch wenn ich gut mit ihr befreundet war, hatte es sich an dem Tag, an dem wir sie hier im Bett kauernd vorgefunden hatten, verändert. Sie war mir fremd geworden. So als wenn man nach zehn Jahren einen seiner besten Freunde aus Kindertagen wiedertrifft. Mit dem Unterschied, dass man mit diesem, wenn man keine Worte fand, wenigstens noch über die alte Zeit reden konnte. Mit diesen Gedanken und einem unangenehmem Kribbeln im Bauch schritt ich durch die Tür.
Marlas Zimmer war anders als die anderen Räume im Haus. Damals bei meinem ersten Besuch hier dachte ich fast, ich hätte ein anderes Haus betreten. Eigentlich erinnerten nur Tür- und Fensterfarbe an den Orchideenweg 7. Und natürlich der Ausblick.
Von Marlas Zimmer aus hatte man einen noch besseren Blick auf die alte Weide, ein paar Grundstücke entfernt. Diese wog sich heute sanft im Wind und sah bei Tageslicht gar nicht mehr so einschüchternd wie an den Tagen zuvor aus.

War der Rest des Hauses eher klassisch und altmodisch gehalten, war Marlas Zimmer fast schon bunt. Auf der rechten Seite war das großes Fenster, Richtung Garten. Eine leere Blumenvase stand auf dem Fensterbrett. Rosa Baumwollgardinen hingen bis zum Boden. Eine der Dachschrägen war komplett mit Fotos zutapeziert. Ich sah mich und ein paar von unseren gemeinsamen Freunden, unter anderem Eira – damals noch ohne Locken und mit anderem Freund – auf einer Wiese in Holland. Wir saßen auf einer gelb-braun karierten Decke und daneben lagen geleerte Bierflaschen und das Papier von einem Hot-Dog-Stand aus der Umgebung. Alle Beteiligten schnitten Grimassen oder grinsten in die Kamera. Das Bild war etwa drei Jahre alt.
Auf der anderen Seite stand ihr Bett samt Himmel. Darauf lagen etwa zehn Kissen und eine ziemlich dicke Decke mit Schafmotiven drauf.
»Marla?«, fragte ich leise und ging auf sie zu. Sie lag auf dem Rücken und starrte an die Decke.
Eins ihrer Poster war abgefallen und lag auf dem Boden. »Was für eine Metapher, für das Leben, welches sie bis Mitte diesen Julis noch geführt hatte«, dachte ich schaudernd.
Sie drehte ihren Kopf, guckte zu mir und sah aus, als wenn sie was sagen wollte...
Mir lief ein Schauer über den Rücken. Ich hielt kurz inne. Aber sie schwieg wie gewohnt. »Marla«, versuchte ich es erneut und setzte mich neben ihr Bett auf einen Teppich mit indischem Muster. »Hör mal. Ich werd hier voll verrückt... Marla, ich weiß einfach nicht, was mit dir los ist. Ich weiß, das haben dir Eira und Patrick auch schon tausendmal gesagt. Aber wir machen uns alle tierisch Sorgen. Besonders ich. Du weißt doch, wie viel du mir bedeutest? Und mich macht das total fertig, dich hier so zu sehen. Ich will dir doch nur helfen, Süße. Ich will dir doch nur helfen...« Meine Mundwinkel zitterten und ich merkte, dass ich dagegen ankämpfte zu wei-

nen. Sie hatte sich im Schneidersitz aufgesetzt und sah mich mit glasigen Augen an. So als würde sie durch mich hindurchsehen. Oder als wäre ich viel zu weit weg für sie. Ich suchte weiter nach den richtigen Worten, um sie zum Sprechen zu bringen.
Auf dem Fensterbrett hatten sich zwei Spatzen eingefunden und sahen diese traurige Szene mit an.
»Marla, wenn du doch nur irgend etwas sagen würdest. Du würdest mich so glücklich machen. Weißte, für ein *Mach dir keine Sorgen, Marko*, würd ich dir noch das ganze Jahr das Essen ans Bett bringen. Aber bitte sag doch was...« Ich sah sie flehend an.
Eine Träne lief ihre Wange herunter und tropfte auf ein rot-lila gestreiftes Kissen. Ihre Augen fixierten mich für den Bruchteil einer Sekunde und kurz saß die alte Marla vor mir.
Ich bekam eine Gänsehaut und mein Gesicht brannte. Ich fühlte mich ihr so nah, wie schon lange nicht mehr. Sie sah zu Boden, ihre Tränen liefen und tropften unaufhörlich auf ihr Bettzeug. Ich konnte es nicht länger mit ansehen, stand auf und setzte mich neben sie auf die Decke. Ich war nie gut im Trost spenden oder darin in traurigen Augenblick das Richtige zu sagen. Und auch in diesem Moment verschlug es mir die Sprache.
Ich wünschte mir öfter, es würde Drehbücher für solche bedrückenden Situationen geben. Und so legte ich unsicher meinen Arm um sie und Marla weinte schluchzend in meiner Umarmung. Ich spürte ihre Wange an meiner Hand – sie glühte wie der erste Sonnenuntergang im Sommer.
Die Vögel am Fenster waren inzwischen davon geflogen, doch ich schwor mir, so lange hier bei ihr zu bleiben, bis es ihr besser ging.
Nach einer Stunde verließ ich das Zimmer. Ich zitterte, als ich auf den Flur trat, der mir im Gegensatz zu Marlas Bett eiskalt erschien. Aber sicher war ich auch nur so aufgewühlt von dem, was da eben passiert war. Ich

konnte mich nicht daran erinnern, in den letzten Monaten eine ähnlich starke Gefühlsäußerung von ihr bemerkt zu haben. Selbst in der letzten Nacht stand sie mehr apathisch als alles andere an der Hauswand. Doch nicht soeben. Es war, als wäre sie kurzzeitig aus ihrem Dornröschenschlaf erwacht oder so, als hätte ich sie durch den kalten Schleier, der ihre Seele umgab, mit warmen Fingerspitzen berührt.
Gesprochen hatte sie nicht mehr. Aber genickt, das bildete ich mir zumindest ein, als ich ihr zuflüsterte: »Wenn du bereit dafür bist, dann hör ich dir zu okay?« Und das empfand ich schon als einen großen Sieg über die langen stillen Wochen hier mit ihr.

13.

Nachdem ich bis zum späten Nachmittag über Marlas Tränen nachgedacht hatte, machte ich mich auf, den Schuppen zu durchsuchen. Obwohl es meine letzte Hoffnung war, hatte ich es dabei nicht wirklich eilig. Ich nahm an, dass es an der verschlafenen Kleinstadtatmosphäre Westvills lag.
Ich zog mir einen dickeren Pullover über, weil mir bewusst war, dass mir die Sonne nur einen warmen Tag vorgaukeln wollte. Da sah ich, dass ich mich wohl gestern Abend beim Schreiben des Einkaufszettels am Ärmel mit Tinte beschmiert hatte.

Die Tür schwang auf und ich betrat den Rasen, der noch viel schlimmer als an den Tagen davor aussah. Die Nahliks und Wilters ließen die Gartenarbeit scheinbar nicht so schleifen und hatten das ganze Laub säuberlich auf ihre Komposthaufen gefegt. An einem der Häuser standen noch Harke und Besen an der Regentonne. »Rentner«, dachte ich Augen rollend, obwohl ich selbst genügend Zeit dafür gehabt hätte.
Dann schloss ich die Schuppentür auf. Gleich als ich eintrat fiel mir auf, dass die Eimer und Schaufeln nicht mehr da standen, wo ich sie am Tag zuvor abgelegt hatte. Sie waren auf oder um den Arbeitstisch herum willkürlich im Raum verteilt.
Ich sah zur Holzkiste. Das graue Metallschloss, welches sie bisher verschlossen hatte, lag geöffnet auf dem Boden.
Ein schmaler Sonnenstrahl, der durch die verdreckte Scheibe über dem Schraubstock schien, ließ etwas silbern aufblitzen. Ich ging in die Knie und fasste unter die Kiste. Eine schwarze Spinne krabbelte aufgeschreckt hervor und verschwand sofort wieder im Schutz des Schattens. Im nächsten Augenblick hielt ich einen klei-

nen, polierten Schlüssel in der Hand. Dieser war sicherlich neuer als alles andere in diesem Raum. Marla musste ihn verloren und dann nicht mehr wieder gefunden haben, als es an der Haustür klingelte.
Wie schon so oft in diesen Tagen begann mein Herz schneller zu pochen. Befand sich die Antwort auf all meine Fragen in dieser Kiste?

14.

Ich traute meinen Augen kaum. Dort lagen, neben einigem Kleinkram, drei Tagebücher! Drei Tagebücher, die mir sicherlich mehr Aufschluss über die Dinge in Westvill bringen würden als jeder andere Hinweis bisher. Das hoffte ich zumindest.

Ich durchwühlte die Kiste nach weiteren wichtig aussehenden Dingen, aber bis auf eine zerrissene Perlenkette, eine Fahrkarte für eine Fährfahrt nach Crest Island, gedruckt auf gelbem Papier, und einem goldenen Türschlüssel fand ich nichts.

Die Baumkronen über dem Dach des Schuppens raschelten, und wie ich durch die offene Tür sah, tanzten Blätter auf dem Rasen. Der Vogelgesang war schon vor einer halben Stunde verstummt. Es kam ein Unwetter auf. Doch mir war gleich, was um mich herum geschah. Ich merkte, dass die Geschichte langsam ins Rollen kam und dass sich das ganze Warten letztendlich auszahlen würde. »Würde ich bald wissen was mit Marla passiert war?« Mir schoss ein Gedanke in den Kopf und ich lief, die Schuppentür zuknallend, ins Lesezimmer. Dort nahm ich den Stift, der von gestern Abend auf dem Holztisch vor dem Schrank lag und krickelte etwas auf meine Hand. Schwarz. Ich verließ den Raum in Richtung Haustür, öffnete alle Schubladen in der Kommode, nahm die Kugelschreiber heraus und malte mich damit ebenfalls an. Sie schrieben auch schwarz.

Ich überlegte, wo ich noch andere Stifte im Haus gesehen hatte. Eine Viertelstunde und drei weitere Füllhalter und Fineliner später, rannte ich hoch in mein Zimmer. Die Tagebücher, die zur Abwechslung mal nicht die höchste Priorität besaßen, ließ ich unten auf dem Tisch liegen. Ich nahm den Pullover von heute Mittag von der Lehne meines Bettes und sah mir die Farbflecke darauf an. Sie waren blau.

Ich schaute nochmals auf meine Hand. Neben den etlichen schwarzen Strichen, die langsam in meiner schwitzigen Handfläche verwischten, hatten sich in den letzten 15 Minuten noch ein roter und ein pinkfarbener Strich gesellt. Doch keiner von ihnen war blau.
Blau ... eine schwache Erinnerung irrte durch meinen Kopf und suchte nach Zusammenhängen. Irgendetwas konnte ich mit dieser Farbe verbinden. Vielleicht hatte ich es nur nebenbei bemerkt. »Denk nach, Marko, denk nach!«, sagte ich mir und ließ mich auf das quietschende Bett fallen.
Draußen wurde es immer dunkler und erste Regentropfen klopften an die Fensterscheiben. *Tock, tock*.
Ich erschrak fast zu Tode, als ein Windzug im Haus meine Zimmertür zuknallen ließ. Hatte Marla bisher geschlafen, war sie nun sicherlich genauso wach wie ich. *Blau... blau...* langsam entstanden Sätze und Bilder aus diesem Wort. *Blau... Blau...* Ein Lichtblitz, ob draußen oder in meinem Kopf, konnte ich nicht sagen. *Blau... Blau...* Blitz!

»Das arme Ding saß einfach nur auf dem Bett. Ihre Hände waren voller blauer Tinte und... sie sprach nicht.«

Im nächsten Augenblick saß ich aufrecht im Bett. Frau Nahlik! Das Telefonat, welches mich hier herkommen ließ!
Ich bemerkte meinen aufgeregten Atem. Natürlich. Marla muss irgendwo in ihrem Zimmer Stifte versteckt haben. Schon seit Ewigkeiten. Dass die Farbe in ihren Tagebüchern blau war, wusste ich – auch in den neuen, das hatte ich beim Durchblättern im Schuppen entdeckt.
Es begann zu prasseln und der Dachstuhl knarrte und knackte bedrohlich. Der Himmel war in ein angsteinflößendes Grau getaucht. Wie Marionetten hinter einer traurigen Kulisse zerrte der Wind die Bäume hin und

her. Selbst die gelblich verfärbten Laubhölzer in der Ferne jenseits der Grenzen Westvills strahlten heute nichts von ihrer sonstigen Schönheit aus. Obwohl ich mir unbedingt Klarheit verschaffen wollte, dass die Stifte wirklich aus Marlas Zimmer stammten – und ich mir gestern Mittag die Flecken auf meinem Pullover bei ihr geholt hatte, als sie in meinen Armen lag – wollte ich sie nicht stören und ihr ganzes Zimmer auf den Kopf stellen.
Der Tag war für sie bestimmt schon anstrengend genug gewesen. Außerdem hatte ich viel neuen Stoff zum Lesen. Und das Verlangen endlich mehr über Marla und vielleicht auch über Benjamin zu erfahren, brannte in mir. »Würde sich aufklären was geschehen war, nachdem abrupten Abbruch auf der letzten Tagebuchseite?« Denn zwei Dinge waren sicher: Marla schrieb immer noch Tagebuch und wenigstens eins der Bücher musste neuer als das aus dem Bücherregal sein. Aufgeregt lief ich ins Lesezimmer.

Kurz bevor ich anfangen konnte zu lesen, rief meine Mutter an und erkundigte sich nach meinem Befinden und Marlas Zustand. Ziemlich schnell hatte ich sie abgewürgt, weshalb ich eine Minute später ein schlechtes Gewissen bekam. Eigentlich vermisste ich meine Familie sehr. Besonders meinen kleinen Bruder.

15.

Der erste Unterschied zwischen den Tagebüchern, die ich schon gelesen hatte, und den Neuen waren die gelblichen Blätter im Inneren. »Welche Geheimnisse sie wohl bergen?«, fragte ich mich, nachdem ich wieder einmal versucht hatte, die vielleicht indianischen Muster auf dem Ledercover des ersten Werks zu entziffern. Anschließend versuchte ich, die Bücher vom Datum her zu ordnen. Denn leider hatte Marla bei der Zeitangabe im rechten, oberen Teil der Einträge jeweils das Jahr weggelassen. Manchmal fehlte es auch komplett.
Als ich das zweite, grüne Tagebuch öffnete, bemerkte ich, dass jemand die ersten Seiten herausgerissen hatte. Man sah noch Abdrücke blauer Tinte auf dem nächsten Eintrag, der – wie die darauf folgenden – nur aus Wortfetzen und Gekrakel bestand. Und so ging ich davon aus, dass auch die entfernten Seiten nur voll von zusammenhangslosen Wörtern und Buchstaben gewesen sein mussten.
Wie mir schien, war dies wohl das aktuellste Tagebuch und enttäuscht über den Fakt, dass ich hier keine weiteren Hinweise finden würde, legte ich es weg und griff zum nächsten. Nach kurzem Anlesen des dritten Buches, entschied ich mich dann für das rote Exemplar, welches ich zuerst in den Händen gehalten hatte.

Hey Tagebuch,

ich weiß gar nicht, wo ich anfangen soll.
Ich konnte dir in den letzten drei Wochen nicht schreiben. Benjamin ist nicht mehr da. Ich will gar nicht über den letzten Eintrag reden ~~und über das Schreckliche was an dem Tag passiert ist. Ich weiß nicht m~~

Ich kann nicht mehr schlafen. Mutti sagt, es wird schon weitergehen. Toll. Gut Reden hat sie. Ich weiß nicht, wie ich das ohne ihn schaffen soll!
(Tränenflecken waren auf dem Papier zu erkennen.)
Ich liebe ihn.
Wann hat sie das letzte Mal jemanden so geliebt, dass sie keine Lust mehr zu leben hatte ohne ihn? Mit Vati hat's ja geklappt.
Sie sagt »du wirst schon sehen, du wirst noch viele Freunde haben«
- Einen Scheiß will ich! Ich will ihn sehen. Meinen Benjamin. Mein Schatz :(
Sie konnte ihn doch eh nie leiden!

Seine Eltern haben ihn in die Stadt mitgenommen. Sie sind umgezogen. Hals-über-Kopf. Das glaub ich zumindest. Wenn ich wenigstens wissen würde, warum und was mit ihm ist. Hier weiß ja keiner etwas.
~~*Weißt du ich kur bin kurz nach*~~

Ich war vor zwei Wochen bei ihm zu Hause. Kannst du dir das vorstellen??? Sie haben Holzplatten vor die Fenster und Türen genagelt und sind abgehaun. Irgendwo hin.

Ich steh das nicht durch - ich vermiss ihn. Sag mir, was ich machen soll?!

- Marla «

Das Haus mit der Weide war also das Haus in dem Benjamin mit seiner Familie gewohnt hatte. »Daher kam mir der Lattenzaun im Hintergrund des Fotos, mit Marla

und Benjamin, auch so bekannt vor«, dachte ich und beschloss morgen, ermutigt von den Erfolgen, die ich heute schon gemacht hatte, dem Grundstück einen Besuch abzustatten.
Gespannt las ich weiter. Die Beziehung zwischen Marla und ihrer Mutter verschlechterte sich zusehends und so hieß es in einem anderen Eintrag:

»Sie wollen mich in ein Ferienlager nach Holland schicken! DREI WOCHEN, fast den ganzen Sommer lang!
Was sind das für Eltern??
Mutti sagt, sie hält das zur Zeit nicht aus mit mir und dass ich unter Leute meines Alters soll - mich ablenken.
Ich will mich nicht ablenken!!!

Und dann fängt sie wieder an mit ihrem »Warum verstehst du dich auch nicht mit den Mädchen aus deiner Klasse?«
Mit diesen blöden Zicken kann man sich doch nicht verstehen.
Ich hasse Westvill! Ich hasse es

- Marla «

16.

Es war Freitagmorgen. Fast noch Nacht. Ich hatte mein Handy gestellt, welches jetzt leise klingelnd auf dem Nachttisch vibrierte. Kurz bevor es vom Tisch fiel, verstummte das Wecksignal. Es war sieben Uhr und trotzdem war ich kein bisschen müde. Beim Anziehen bemerkte ich, dass ich meine Klamotten mal wieder zum Waschsalon im Dorfzentrum bringen könnte, und ging runter, Frühstück machen.

Als ich das Haus verließ, war eine gute dreiviertel Stunde verstrichen. Marlas Frühstückstablett stand wie jeden Tag auf ihrem Nachttisch. Heute lag noch ihr Lieblingsschokoriegel dabei. Ich hatte die Hoffnung, dass das mein Verhältnis zu ihr noch verbessern würde, auch wenn das eigentlich Unsinn war.
Natürlich hatte ich die Tagebücher, die mir für die nächsten Tage Aufschluss über Marlas Leben hier in Westvill geben würden. Aber viel lieber wäre es mir, die Geschichte aus ihrem Mund zu erfahren. Ich zog die Tür ran, drehte den Schlüssel um und vergewisserte mich, ob die Reißverschlüsse meines Rucksackes zu waren. Darin befanden sich die drei Tagebücher, die ich seit meinem Fund wie Gollum seinen Ring behütete, und mein Frühstück, in Alufolie gewickelt. Des weiteren hatte ich die Taschenlampe aus dem Schuppen mitgenommen. Denn ich wollte in das Haus und nicht nur drum herumlaufen.
Ich war extra früh aufgestanden, weil ich hoffte, so ungesehen von der "übervorsichtigen" Westviller Meute in das Haus einsteigen zu können.
Obwohl mein Vorhaben einen ernsten Sinn hatte, fühlte ich mich wie einer dieser coolen Polizisten im Fernsehen. Denn welcher Junge hatte noch nicht davon geträumt in einem alten, verlassenen Haus nach Spuren zu suchen?

Der Vorgarten schwamm buchstäblich vom Regen der letzten Nacht. Und die schmalen Sandwege, die durch die Siedlung führten, waren kaum zu Fuß zu begehen. Ich balancierte an den Pfützen vorbei, bis ich den Lilienweg erreichte.
Der schwindende, morgendliche Nebel bedeckte noch schwach die Wiese und tauchte sie in einen unheimlichen, silbernen Schleier. Ich sah gar nicht erst in Richtung der Weide.
Das Haus war sicherlich eines der ältesten Gebäude in Westvill und durch die fehlende Pflege sah es mittlerweile noch viel älter und heruntergekommener aus. Es war schwer zu sagen, ob das Haus mal eine Farbe besessen hatte. Es wirkte einfach nur grau und wie in einem schlechten Film. An der Gaupe sah man leicht grünlich Moos aus den Ritzen wachsen. Und an der rechten Hausseite hing eine gebrochene Dachrinne schräg zu Boden. An ihrem Ende hatte das Regenwasser eins der wohl ehemaligen Blumenbeete in ein Schlammloch verwandelt.
Ich stieg über das Tor, es aufzumachen hätte sicher zu viel Lärm gemacht, und stapfte durch das fast kniehohe Gras Richtung Haustür. Dieser Ort schrie nach einer unglücklichen Jugend. Ähnlich wie der Spielplatz am Ende der Stadt.
Ständiger westvilltypischer Regen und der Zahn der Zeit hatten die Häuserwände befleckt und gelangweilte Jugendliche ihrer Fantasie freien Lauf gelassen.
Ich ging um das Haus und hoffte auf einen offenen Spalt oder ein nichtvernageltes Fenster. Ich fand nichts. Genervt davon setze ich mich im Hinterhof auf einen Holzkasten.
Direkt am Ende des Gartens begann ein Waldstück. »In zehn Jahren hat es das Anwesen bestimmt verschluckt«, dachte ich. Denn es wuchsen bereits kleinere Bäume und Büsche am Ende des Grundstücks. Es war deutlich: Der Wald hatte seine Klauen ausgestreckt und

das Haus würde sich nicht gegen die Übernahme wehren.
Plötzlich fiel mir ein Metallriegel zwischen meinen Beinen auf. Er sah noch ziemlich neu aus und ich wunderte mich, warum ich ihn nicht schon beim Hinsetzen entdeckt hatte. Normalerweise hätte an dieser Stelle ein Schloss angebracht sein müssen.
»Hier nicht«, stellte ich freudig fest, sprang auf den matschigen Rasen und suchte an der Kiste, die offensichtlich ein Kellerzugang war, nach einer Kante, um den Deckel anzuheben. Mit einem Knarren ließ er sich kurze Zeit später öffnen. Mein Herz machte einen Satz. Es war wirklich ein Eingang!
Zzzzip quietschte der Reißverschluss und nach kurzem Kramen hielt ich die Taschenlampe aus dem Schuppen in der Hand. Ich drückte den schwarzen Schalter nach oben, schlug zweimal gegen ihren Kopf und sie begann schwach zu leuchten. »Immer noch besser als ganz im Dunklen zu tappen«, dachte ich mir und stieg die Holzleiter nach unten in den Keller.

Die Luft war staubig und roch nach Moder. Das Licht der Taschenlampe half, realistisch betrachtet, so gut wie gar nicht weiter. Zu allem Übel flackerte es wie verrückt, was nicht positiv zur Atmosphäre beitrug. »Hier ist niemand. Wer sollte sich denn hier rumtreiben?«, versuchte ich mich zu beruhigen.
Ich ließ den Blick schweifen. Ein altes Fahrrad stand mir gegenüber an der Wand. Außerdem befand sich ein großer, stabiler Holzschrank im Biedermeierstil im Raum. Insgesamt lagerten für ein verlassenes Haus viel zu viele Sachen im Keller.
Nachdem ich alles gründlich abgeleuchtet hatte, ging ich die Kellertreppe hoch. Überall ächzte das Holz. Wäre noch jemand hier gewesen, hätte er mich sicher gehört. Aufgeregt drückte ich die goldig glänzende Türklinke nach unten und war auf den Rest des Hauses ge-

spannt... Sie war verschlossen. »So ein Mist!«, sagte ich laut und meine Worte hallten leise in den Keller und zu mir zurück. »Das gibt's doch nicht!« Jetzt zu scheitern, wo ich so viel Hoffnung in dieses Unterfangen gesteckt hatte, war mehr als ernüchternd. Ich trat gegen die Tür, doch trotzdem sie laut knarrte, war sie offensichtlich zu stabil, um sie mit Gewalt zu bezwingen. Und so blieb mir nichts anderes übrig, als einzusehen, dass ich hier ohne Schlüssel nichts ausrichten konnte.

Wieder in Marlas Haus angekommen, ging ich erst einmal die Staub- und Dreckschicht von mir abwaschen. Und hoffte, dass mich kein Nachbar gesehen hatte.
Beim Duschen kam mir dann auch zum ersten Mal die Frage, warum wir im Haus immer noch Strom und Wasser besaßen. Ich kam zu dem Entschluss, dass Marlas Eltern – ich hatte mittlerweile den schlimmen Verdacht, dass ihnen etwas zugestoßen sein musste – wahrscheinlich für jeden der jeweiligen Versorger eine Einzugsermächtigung erteilt hatten, die nun liefen, bis das Konto leer war. Oder würden sie doch eines Tages zurückkehren?

Frisch geduscht war der Ärger über die verschlossene Tür erst einmal verflogen. Ich wollte mal wieder den Kopf frei kriegen und hatte mir deshalb einen Stuhl vor das Flurfenster in der ersten Etage gestellt. So saß ich da, hatte meinen iPod angeschaltet und schaute in die Siedlung. Eigentlich war das Wetter heute sehr gut, verglichen mit dem der anderen Tage. Trotzdem zog ich den Platz im Haus vor, saß man mir im Garten immer viel zu sehr auf dem Präsentierteller der Nachbarschaft. Und auf Smalltalk und ermüdende Spekulationen der Nachbarn über die ganze Situation im Hause der Porz hatte ich wirklich keine Lust mehr. Letztendlich brauchte ich die fernsehgeprägten Fantastereien der Westviller nicht und machte mir selbst eh schon genug Gedanken

über all das hier. Verträumt ließ ich also den Blick von rechts nach links schweifen: Das Grundstück der Schröters – mit dem mittlerweile abgedeckten Pool. Das der Nahliks – die gerade draußen frühstückten. Der kleine Weg in Richtung Kiosk – voller Pfützen. Marlas Grundstück und auch das der Wilters. Auf diesem war Herr Wilter gerade damit beschäftigt, das Beet hinter dem Haus herbsttauglich zu machen, was ihm sichtlich missfiel, im Gegensatz zu seiner Frau, die hinter ihm saß und Befehle zu geben schien.
Orchideenweg 5 stand leer. Ebenso wie das Grundstück weiter im Nord-Westen, auf dem ich heute früh mein Unwesen getrieben hatte.
Eins meiner Lieblingslieder kam, als mir etwas Weißes im Fenster des heruntergekommenen Hauses auffiel. Ich stand auf und presste meine Nase an die Fensterscheibe. »Das gibt es doch nicht!«, rief ich erstaunt aus und drückte auf die Pausetaste meines iPods.

17.

Eine weiße Lilie, in einer roten Vase, stand an einem der Fenster. Dies wirkte so unnatürlich und passte überhaupt nicht in das Bild dieses verfallenen Ortes, das ich zuerst dachte, ich hätte mich verguckt.
Mir fiel ein, dass Marla auch solch eine Vase besaß und auch wenn ich den Zusammenhang nicht verstand, kramte ich, wieder in meinem Zimmer, das blaue Tagebuch hervor und schlug es dort auf, wo auf der linken Seite das Foto von Marla und Benjamin klebte und auf der anderen das Gedicht stand, welches Benjamin ihr einst geschrieben hatte. Da ich kein Freund von jugendlicher Liebespoesie war, hatte ich bisher nur den Anfang überflogen und dann weitergeblättert. Doch etwas war hängengeblieben...

Für Marla

Wann immer du mich suchst –
pflück eine Lilie und stell sie an dein Fenster.
Wann immer ich dich brauche – tu ich es dir gleich.
Verloren im letzten Juli, findest du dich hier einen Schnitt entfernt wieder.
Doch du sollst nie mehr Liebe bluten, weil uns eine Kerbe im Holz schon vereint.

Der Rost am Ende des Kind-Seins
schimmerte noch nie so schön für mich,
und das Knarren der Flurdielen
klingt viel zarter durch dich.
Ich tausche die Welt gegen einen Kuss von dir ein
und bete dafür, dass du meins bleibst allein.

Ich bemale die Orte, an denen unser Märchen begann
damit sie für immer unsere Namen schreien.

Und selbst wenn andere achtlos ihre Geschichten darüber schreiben werden
wird man uns hören,
wie den Pulsschlag zweier verliebter Herzen.

Sicherlich waren das die kitschigen Worte eines 16-Jährigen Jungen. Aber es ließ Marlas Herz schneller schlagen und nun, als ich es ganz gelesen hatte, auch das meine.
»War dies vielleicht mehr als nur ein Gedicht? Was lief zwischen den beiden ab, was Marla nicht in ihre Tagebücher geschrieben hatte? Was bedeuteten diese Metaphern? Und warum zum Teufel stand eine lebendige, frische Blume in dem Haus, das Benjamins Familie schon vor Jahren zurückgelassen hatte?« Diese Fragen bohrten sich so schmerzend in meinen Verstand, dass mir ganz schlecht wurde.
Als ich mir im Bad kaltes Wasser ins Gesicht spritzte, wurde mir plötzlich klar, wo ich einen Teil dieses Gedichtes bereits gelesen hatte. Während ein paar Tropfen ins Waschbecken platschten bekam ich eine Gänsehaut. Die Schaukel auf dem Spielplatz... Auf ihrer Oberseite stand jener Satz, der auch in Benjamins Gedicht zu finden war. Ich schauderte und ließ mich auf den weißen Stuhl fallen, auf dem sonst Patricks und Eiras Waschtaschen Platz gefunden hatten.
»Das ist zu viel, das ist zu viel für mich«, dachte ich. »Ich halt das nicht aus. Ich seh die Zusammenhänge nicht! Was hat das alles zu bedeuten?« Meine Stimme bebte. Ein paar warme Tränen liefen mir übers Gesicht und vermischten sich mit den Wassertropfen auf meiner Haut. »Ich will ihr doch nur helfen. Aber wie, wenn sie mir nichts sagt?«, flüsterte ich verzweifelt in Richtung Badezimmerspiegel.

Als ich mich beruhigt hatte, beschloss ich, Frank, dem Kioskverkäufer, einen Besuch abzustatten. Ich war

schon seit einer kleinen Ewigkeit nicht mehr bei ihm gewesen. Bekam man die wirklich wichtigen Dinge doch eher in der Kaufhalle oder auf dem Markt, der jede Woche mittwochs im Stadtkern stattfand.
Außerdem war der Tag viel zu schön, um im Haus zu sitzen und sich von all den Fragen quälen zu lassen, die nahezu an jedem Ort in der Wohnung auftauchten.
Ich ging den kleinen Weg zwischen den Häusern entlang. Von den Spinnenweben, die sich jeden Morgen in den Hecken sammelten und die wie kleine Nebelschwaden aussahen, war nichts zu sehen. Es war so, als wäre der Sommer kurz noch mal zurückgekehrt und schnell bereute ich, eine Jacke übergezogen zu haben. Ich zog sie aus, schwang sie mir über die Schulter und lief dabei fast Frau Hinnings um. »Oh hoppla«, sagte sie und sah mich verdutzt an. Sie kam gerade mit ihrem Fahrrad aus einer winzigen Abbiegung, die mir vorher gar nicht aufgefallen war. »*Hortensienweg*«, sagte das kleine blaue Schild an einer Laterne, die schon fast in einer der Hecken eingewachsen war. »Das wäre ja fast schief gegangen«, sagte ich und lächelte ihr freundlich zu. Frau Hinnings, Margarete sollte ich sie nennen, war eine der ersten Nachbarinnen, die sich nach Marla erkundigt hatten. Außerdem hatte ihr Gebäck uns schon etliche Freitagnachmittage versüßt. Kurz: Ich mochte sie. »Lange nicht mehr gesehen«, sagte sie mit gewohnt säuselnder Stimme. »Ich konnte in den letzten zwei Wochen nicht vorbei kommen – war bei meinem Sohn in der Stadt. Vermissen Sie meine Blaubeermuffins schon?«, lachte sie gackernd und ich lachte mit. »Ja, schon irgendwie. Die gekauften können Ihren nicht das Wasser reichen.« Kurz lächelte sie, dann guckte sie etwas ernster. »Gibt's schon was Neues bei Marla?« »Nein, bisher nichts, auch wenn ich das Gefühl habe, langsam an sie ranzukomm-« Sie unterbrach mich. »Hat sie schon geredet?« »Nein, das nicht. Aber ihr

Blick ist nicht mehr so... so glasig. Und sie isst wieder mehr.«
Ich wollte weg von dem Thema, schließlich hatte ich mir vorgenommen, den Rest des Tages zu genießen und mal andere Dinge zu tun als zu grübeln. »Na, dann wird's wirklich Zeit, dass ich mal wieder vorbeikomme«, sagte sie und ging dann glücklicherweise auf mein Ablenken ein. »Wenn Sie zu Frank wollen, der ist heute nicht da – Gerichtsverhandlung... Sie wissen schon...«
»Ähm nein, was hat er denn angestellt?« Sie hatte kurz den Reifen ihres grauen Damenrads gemustert und sah jetzt wieder hoch. »Wie, das wissen sie gar nicht? Hmm... war vielleicht vor ihrer Zeit hier... Er hat vor einigen Monaten die Frau Wilter umgefahren mit seinem blauen Transporter. Schrecklich. Die Arme sitzt im Rollstuhl seitdem.« Sie machte eine kurze Pause.
Dass sie eine äußerst sensible Person war, hatte ich schon am ersten Tag, als sie uns besuchte, bemerkt. So hatte Margarete wahrscheinlich schon mehr über Marlas Zustand geweint als Eira, Patrick und ich zusammen. Und dabei kam sie immer nur freitags.
»Er is'n lieber Kerl. Es war halt ein Unfall und nun klären sie seit Monaten, wie schuldig er an dem ganzen Schlamassel ist. Oder ob sie vielleicht nicht aufgepasst hat. All diese Dinge halt... Die Wilters sind verständlicher Weise nich' gut auf ihn zu sprechen. Aber ich würde ihm nie etwas unterstellen.«
Ich sah sie schweigend an. In mir kam ein Gefühl auf, das ich nicht richtig deuten konnte. Je länger ich hier in Westvill wohnte, um so mehr sah ich hinter die Fassade dieser Kleinstadt. Und nichts schien so friedlich zu sein, wie es der erste Blick, bei der Einfahrt ins Tal, vorgab.

18.

Aufgeregt drehte ich den kleinen goldenen Schlüssel im Schloss um. Die Tür sprang knarrend auf und ich atmete erleichtert aus. Er passte also.
Der modrige Geruch des Kellers vermischte sich mit der frischeren Luft aus dem Erdgeschoss, und wäre es nicht so unheimlich still gewesen, hätte ich es als fast erträglich empfunden. Die Geschichte ging endlich weiter und so trat ich ein, wie es Benjamins Familie tausendmal vor mir getan hatte. Aber das lag nun Jahre zurück und das sah man dem Haus von außen, wie auch von innen, an.
Auf jedem der zurückgelassenen Möbelstücke lag eine dicke Staubschicht und man traute sich gar nicht, sie zu durchsuchen. Es war, als würden sie schlafen und erst wieder aufwachen wollen, wenn diese Einsamkeit ein Ende hatte.
Ich ging in den Raum zu meiner Linken. Dies war augenscheinlich einmal das Wohnzimmer gewesen. Überall standen leere und halbleere Farbeimer samt Pinseln und Quasten herum. Der Inhalt war eingetrocknet und dicke Krusten hatten sich an den Kanten der weißen Eimer gebildet. Die Fensterseite, der ich gegenüber stand, hatte nie mehr als einen halben, ersten Anstrich bekommen und schimmerte unglücklich in zwei schwachen Farben.
Ich sah die abgebrochene Dachrinne durch den freien Spalt, den die Holzplatten vorm Fenster nicht verdeckten. Das Sonnenlicht schien durch jede kleine Ritze und es sah aus, als durchbohrten weiße Schwerter die toten Räume.
Bis auf einen alten Tisch und ein paar Plastikstühle, die auch schon draußen im Vorgarten standen, fand ich nichts. Ähnlich war es in den anderen Räumen der unteren Etage. Und so ging ich ein Stockwerk höher.

Die Lilie stand noch an Ort und Stelle, das hatte ich vor dem Aus-dem-Haus-gehen überprüft. Mit Herzklopfen erreichte ich den oberen Flur. Er war hell erleuchtet, denn nur das Erdgeschoss war vernagelt worden und sah, bis auf das Fehlen von Fotos und anderen Lebenszeichen, noch fast bewohnt aus. Scheinbar hatten die Kaisers vor ihrem Aufbruch alles, was sie nicht verraten konnte, unbeachtet stehen gelassen.
Der Holzfußboden glänzte matt und kleine Staubflocken tanzten vor den verdreckten Fensterscheiben.
Ich sah mich nach dem Raum mit der weißen Blume um und entschloss mich, zuerst wieder die linke Hausseite abzusuchen.
Die Tapeten waren so verdreckt, dass man kaum noch ihr Muster erkennen konnte. Orange Wandfarbe war an den obersten Ecken, wo der Schmutz noch nicht hingekrochen war, zu erkennen.
Klick. Ich machte die Taschenlampe an und betrat einen mittelgroßen Raum, in dem mir ein Ehebett mit Metallstreben gegenüber stand. Ein altes, abgezogenes Kopfkissen lag daneben in der Ecke. Ich durchsuchte die Schubladen der Nachttische und öffnete die Türen des Kleiderschranks, der vor das Fenster geschoben war.
Ich fand ein paar Zeitschriften. »*Schöner Wohnen – Ausgabe 6. – Juni 2002*«, stand auf einer. Beinahe hätte ich losgelacht. Nach *Schöner Wohnen* sah es hier nun wirklich nicht aus.
Im Kleiderschrank hingen nur ein paar alte Holzbügel und ein schwarzer Ledergürtel lag auf dem Boden. Ich verließ das Zimmer.
Nun musste der Raum mit der Blumenvase kommen, wenn ich mich nicht täuschte. Die Tür war abgeschlossen. Nervös kramte ich in meiner Hosentasche den goldenen Schlüssel hervor, der mir heute schon mal Erfolg brachte. Doch auch er half nicht weiter.
Ich setzte mich mit dem Rücken gegen die Tür, die mir das Geheimnis des Zimmers nicht verraten wollte.

»Das kann es doch nicht sein«, dachte ich verärgert. »Wie kann dort eine frische Lilie in einem verschlossenen Zimmer stehen?« Ich ließ den Kopf hängen, als mir plötzlich etwas in den Blick kam: An der Bordüre, an der Wand vor mir, lag etwas Silbernes. »Vielleicht der richtige Schlüssel!« Ich sprang auf und streckte die Hand danach aus. Im nächsten Augenblick ließ ich es angewidert fallen. Es war eine Zahnspange.
Zu allem Übel noch voller Staub und Spinnenweben.
»Moment, mal«, sagte mir mein Verstand. »Benjamin trug eine Zahnspange!« Ein Schauer lief mir über den Rücken. »Wenn das hinter mir sein Zimmer war, warum liegt dann hier seine Zahnspange?« Ich rannte in das verbleibende Zimmer, hoffte aufgeregt auf weitere Hinweise.
Es war das Badezimmer. Der Schrank über dem Waschbecken stand auf. Die Spiegeltüren warfen unheimliche Lichter durch den Raum. Ich trat auf etwas, als ich den Schrank durchsuchte, und kleine Kugeln rollten über die weißen Fliesen. Als ich meinen Fuß hob, sah ich, dass ich eine kleine orange Plastikdose mit weißem Aufkleber drauf zertreten hatte. Ich leuchtete den Boden ab. Kleine Pillen hatten sich über ihn verstreut. Aufgeregt nahm ich die Dose hoch und hielt sie ins Licht der Taschenlampe. »*E-17-N34 – Neuroleptikum –Verschreibungspflichtig!*« Ich drehte die Packung. »*Einzunehmen bei Zwangsneurosen und Schizophrenie.*«
Ich hörte mich laut atmen. Ich war irgendetwas auf der Spur. Ich wollte mehr erfahren. Wollte in Benjamins Zimmer. »Was war in diesem Haus passiert?« Ich setzte mich auf den Badewannenrand und versuchte meine Gedanken zu ordnen. »Was wenn Benjamin schizophren war? Musste er deshalb zum Arzt? Sind die Eltern deswegen hier weg gezogen? Was hatte diese Krankheit für einen Auslöser? Wussten die Leute in Westvill vielleicht mehr? Und gab das eine Antwort auf Marlas Befinden?«

Ich stand auf und blickte aus dem verdreckten Fenster in den Wald.
Auf einem der Bäume, nahe dem Grundstück, hatten Jugendliche vor Ewigkeiten ein Baumhaus gebaut. Jetzt wo das Laub zu fallen begann, konnte man es erst zwischen den Bäumen ausmachen. Es saß ziemlich hoch, schon fast in der Krone... »Von dort hatte man bestimmt einen guten Blick auf Westvill«, ging mir durch den Kopf. Ich zuckte. »Von dort konnte man sicher auch in Benjamins Zimmer schauen!«
Ich musterte das Baumhaus genau. Es war keine Leiter zu sehen. »Wer weiß, wie lange dort schon niemand mehr drauf gewesen war?« Ein paar Holzlatten waren den stürmischen Winden zum Opfer gefallen und trotzdem sah es ziemlich professionell gebaut aus. »Vielleicht ist es auch ein alter, ungenutzter Forstsitz«, schoss es mir durch den Kopf. »Egal«, sagte ich mir, mich auf den Rückweg machend, »ich muss es einfach versuchen.«
Jetzt wo ich schon all diese Spuren gefunden hatte, konnte ich nicht mehr zurück zur gähnenden Westvill Langeweile und darauf warten, dass Gott sich entschied Marla wieder gesund werden zu lassen. Es lag an mir. Ich musste rausfinden, was hier geschehen war. Vielleicht war das der einzige Weg, die Person wieder zu bekommen, in die ich mich vor Jahren mal verliebt hatte.

Mit einer Aluminiumleiter unterm Arm, die ich mir von den Nahliks geliehen hatte, schlich ich mich am späten Abend über das Grundstück der Kaisers zum Baumhaus. Es war ungefähr 60 Meter vom Haussims entfernt und jetzt, wo ich davor stand, erkannte ich erst, in was für einem schlechten Zustand es sich befand. »Ich hoffe, es hält«, dachte ich, nachdem ich die Leiter angestellt hatte. Ich musste sie wegen der großen Höhe ausziehen,

was die Konstruktion noch gefährlicher aussehen ließ und mein Bauchgefühl verschlimmerte.
Ich betete, dass mir diese waghalsige Aktion etwas bringen würde. War doch heute der perfekte Tag dafür. Denn wie ich in der Kaufhalle, wo ich mir ein Fernglas für den heutigen Abend gekauft hatte, erfuhr, traf sich heute das halbe Dorf beim Stadtfest auf dem örtlichen Marktplatz. Und so schien die Chance gut, unbemerkt zu bleiben.
Der moosige Waldboden diente nicht gerade als fester Stand für die Leiter und fast wäre ich bei der Hälfte des Weges heruntergefallen. Im letzten Augenblick konnte ich mein Gleichgewicht wieder finden, aber mein Herz schlug jetzt wie nach einem 100-Meter-Sprint.
Ich zog mich mit beiden Händen in das Haus und wollte mich gerade sicher fühlen, als mein Fuß die Leiter beim Umdrehen berührte und diese, wie in Zeitlupe gegen einen kleinen Baum knallend, auf den Waldboden fiel.
Meine Hände, im Reflex, griffen ins Leere. Ein dumpfes Geräusch klang nach oben und wurde sofort vom Wald verschluckt.
»Nein. Nein, nein. Scheiße!«, fluchte ich verzweifelt. »Das gibt's doch nicht. Das gibt's doch nicht!« Benommen lehnte ich mich gegen die Holzwand hinter mir. Musste erst einmal tief durchatmen.
Hier und da ragten alte rostige Nägel aus Boden, Wänden und Dach hervor und überall hatten sich Jugendliche mit Stiften und Taschenmessern verewigt. Ich wurde stutzig. Ein Graffitiherz lächelte mich vom Baumstamm an. »*M+B*«, wie schon im Tagebuch.
Rot, es war rotes Graffiti. »Dasselbe Rot wie auf dem Spielplatz und wie an Benjamins Haus«, schoss es mir in den Kopf.
Überwältigt von dieser Entdeckung und dem Gedanken, vergaß ich beinah, warum ich hier hochgeklettert war. Ich hielt von Tag zu Tag mehr Puzzleteile in der Hand. Aber bisher wollten sie einfach kein Bild ergeben.

Ich warf ein paar trockene Äste vom Boden in den Wald und wandte mich Lilienweg 9 zu.

In der Ferne konnte ich das Dach von Marlas Haus erkennen. »Was sie wohl gerade tat?« Ich kramte das Fernglas aus meiner Tasche und spähte hindurch. Um mich herum knackte es laut und ich zuckte zusammen. Einen Moment später, hatte ich das Zimmer von Benjamin im Blick. Die Lilie stand noch auf dem Fensterbrett. Man sah, dass es ihr vor einigen Tagen noch viel besser gegangen war, denn sie hatte schon ein paar ihrer weißen Blätter verloren und ließ den Kopf hängen. Viel mehr konnte ich nicht erkennen.
Diese Hausseite lag im Schatten und bis auf das glänzende Schloss der Zimmertür, das mich zu verhöhnen schien, sah man nur schwarze verschwommene Umrisse. Ich wurde immer wütender. Wütend auf dieses kleine Nest und all die Geheimnisse, die es umgab, und wütend auf mein eigenes Ungeschick mit der Leiter. Ich legte das Fernglas wieder auf den Boden und kramte in meinem Rucksack. Wieder lautes Ächzen des Holzes. Langsam verschwand die Sonne hinter mir im Wald. Es wurde merklich kälter und ich war froh, mir einen dicken Pullover eingepackt zu haben.
Mittlerweile war es eindeutig zu spät, um Herrn Nahlik anzurufen und ihn um Hilfe zu bitten. Oder war es mir einfach nur zu peinlich? Irgendwie musste ich hier schließlich wieder runterkommen. Und wenn die Kaisers nicht urplötzlich zurück in ihr vernageltes Hause kommen würden, würde mich hier, am Ende der Stadt, niemand finden. Noch eher würde Marla wohl wieder anfangen zu sprechen...
Und so nahm ich mir vor, morgen früh Frau Hinnings anzurufen. Sie würde mir ganz bestimmt helfen und ihr würde ich auch lieber erklären, warum ich auf diesen Baum geklettert war. »Eine Nacht werde ich hier oben schon überstehen«, ermutigte ich mich leise.

Der Wald, den ich bisher für tot gehalten hatte, begann immer lebendiger zu werden, je mehr die Sonne versank. So als schämte er sich vor den arroganten Blicken des Tages. Eulen und andere Vögel sangen und flogen zwischen den Ästen umher. Es knarrte überall. Und ich sah, wie ein Fuchs in der Dunkelheit verschwand, wo ich vorher einen kleinen Teich, ein Moor, erspäht hatte.
Blätter fielen auf das Dach des Baumhauses und ich fühlte mich deutlich wie ein Fremdkörper, den man nur allzu gerne beseitigen würde.

Die Stunden vergingen und ich hatte mich langsam mit meiner Situation abgefunden, als mich Geräusche aus der Ferne, aus meinem Dämmerschlaf rissen. Ich sah zuerst in den Wald, den ich in meinem Rücken am meisten fürchtete. Nichts. Dann zum Haus. Licht!
Ein schwacher, flackernder Hauch einer Kerze schwamm durch Benjamins Zimmer. Fast hätte ich geschrien vor Schreck. Eine Person war am Fenster vorbei gegangen. Nur für den Bruchteil einer Sekunde, hatte ich jemanden im Haus gesehen! Ich kauerte mich auf den Boden meines Versteckes. Nahm das Fernglas vor Augen, traute mich kaum zu atmen. Selbst der Wald schien die Luft anzuhalten. Wieder lief jemand am Fenster vorbei. »Wer ist das?«, hallte es laut in meinem Kopf. Es wurden mehrere Kerzen angezündet. Die kleinen Flammen gaben diesem Ort einen unwirklichen Schein.
Ich kroch so weit in die linke Ecke des Baumhauses, wie es möglich war, um einen besseren Blick in das Zimmer zu bekommen. Ich erschrak erneut. Das Fernglas fiel mit einem Knall auf den Holzboden. Was ich dort in Benjamins Zimmer sah, ließ mich kreidebleich werden.
»Da hängt einer, DA HÄNGT EINER!«
Mein Gehirn begann die Bilder zu verarbeiten. Über dem Schreibtisch, mit einem Strick am Deckenbalken befestigt, hing ein Junge, etwa in meinem Alter. Regungslos baumelten Arme, Beine und Kopf zu Boden. Eine Hand

tauchte rechts am Fenster auf. Ein Arm. Dann trat Marla vor das Fenster. Ich fing an zu zittern. Meine Augen wurden feucht. Es war wirklich Marla. Sie hielt eine Kerze in ihrer linken Hand, so dass ich ihr Gesicht im Lichtschein erkennen konnte. Mit der anderen nahm sie die Vase vom Fensterbrett. Sie verschwand wieder. Ihr Schatten drohte schwach, zwischen den ganzen anderen, die die Kerzen warfen, zu ertrinken. Die Ohnmacht dieses Augenblicks nagelte mich an den Baumstamm hinter mir. Ich sah wieder zu dem Jungen, der Benjamin sein musste. Mir schauderte. Es sah aus, als ob er beschämt zu Boden sah. »Doch wie lange hatten seine Augen schon nichts mehr gesehen? War es Selbstmord? Wenn nicht, was war dann passiert?«
Marla kam wieder. Ich traute meinen Augen kaum, als sie die Vase mit einer unverkennbar neuen Lilie an das Fensterbrett stellte.
»Oh Gott, wo bin ich da nur reingeraten?«
Sie würdigte Benjamin keines Blickes, als sie Richtung Tür ging. Plötzlich mitten im Gang hielt sie inne. Sie drehte sich um, lief zum Fenster und sah mich an. Sah hoch zu meinem Platz im Baumhaus. Oder sah sie nur in den Wald?
Ich wollte aus ihrem Blickfeld und rollte mich hektisch zur Seite. Ein Nagel, der aus einer Holzlatte ragte, schnitt mir tief in die Seite. Ich schrie auf. Der Schmerz verwischte alles. »Jetzt weiß sie, dass ich hier bin. Jetzt weiß sie, dass ich hier bin«, dröhnte es in meinem Kopf. Ich steckte meine Hand unter den Pullover und fühlte warmes Blut. Mir wurde schlecht.
Ich sah vorsichtig wieder zum Haus. Die Kerzen waren aus, am Fenster stand niemand mehr. Fast so, als hätte ich es mir eingebildet. Doch ich war mir sicher, dass dies nicht der Fall war.
Ich wollte hier weg. Ich hatte so viel Angst wie noch nie zuvor. Es war Zeit, jemanden anzurufen, dessen war ich mir bewusst. Dies war ein Fall für die Polizei, nicht län-

ger für einen neugierigen Jungen wie mich. Benjamin hing tot in seinem Zimmer und meine beste Freundin hatte ihn vielleicht umgebracht. Dieser Gedanke war schrecklich. Ich war so aufgeregt, dass ich meine Tränen kaum spürte, als ich mein Handy zitternd aus dem Rucksack holte. Erst als sie auf das Display tropften, wurde ich mir bewusst, wie sehr mich diese zehn Minuten mitgenommen hatten. »Frau Hinnings... Marko hie... Nein... es, es ist was passiert. Sie... Können sie zu dem alten Haus der Kaisers kommen? Bitte...«, flehte ich in mein Telefon. Sie sagte, dass sie kommen würde! Ich hatte sie aus dem Schlaf gerissen – aber sie hatte mir versichert, sich sofort auf den Weg zu machen.

Das Adrenalin, das mein Körper ausgeschüttet hatte, verebbte langsam und ich fing an meine Wunde in all ihrer Grausamkeit zu spüren. Sie schmerzte unheimlich und hatte schon den ganzen unteren Teil meiner Kleidung durchnässt. Mir wurde klar, dass ich schneller Hilfe brauchte, als ich anfangs angenommen hatte.

Mir wurde schwindelig. Und ich nahm die Umgebung immer schwächer wahr. Die Farben der Nacht, Mondlicht, Sterne und die tausenden Schwarztöne verschwammen zusehends. Die Geräusche, die aus dem Wald kamen, schienen mir direkt ins Ohr zu schreien. Ich hörte es unter mir knacken. Es klang nicht wie das Knarren des Baumhauses. Aber vielleicht irrte ich mich auch.

»Jemand kommt in den Wald«, wabberten die Gedanken in meinem Hirn. »Frau Hinnings«, hoffte ich still. Doch konnte sie wirklich schon hier sein?

Ich hatte keinerlei Zeitgefühl mehr, als ich mich über den Holzboden zur Richtung des Eingangs zog, wo am früheren Abend die Leiter gestanden hatte. »Hallo?«, rief ich. »Hallo, ich bin hier!« Keine Antwort.

Die Schritte wurden lauter und verstummten dann. Sie musste unter mir sein. »Frau Hinnin-« Ich erblickte ein weißes Kleid. Es schien nichts von seiner Helligkeit ver-

loren zu haben. Es brannte ein Loch in diesen Wald, und die Angst vor dem, was jetzt passieren würde, brannte eins in meinen Verstand.
Ich rang nach Luft. Marla sah nur kurz hoch und ging dann weiter in Richtung Moor. »Nein Marla, nein. Bitte, du musst mir helfen. Geh nicht weiter!«, rief ich ihr mit letzter Kraft nach. Doch schon, als das letzte Wort aus meiner Kehle gedrungen war, war sie im Wald verschwunden.

19.

Ich wachte auf. Mein Bauch schmerzte. Meine Wunde brannte. Mein linker Arm war vergipst. Ich schaute mich um. »Wo war ich hier?« Es roch nach Krankenhaus, doch um mich herum sah es eher wie in einem Schlafzimmer aus. Gelbe Tapeten hielten dieses alte Zimmer zusammen. Zu meiner Linken ein Fenster. Ich sah die Sonne, die so tief stand, dass sie den Horizont wie ein goldenes Tablett aussehen ließ. Ein paar Baumzipfel konnte ich am unteren Ende des Fensters erkennen. Es war also noch Morgen. »Doch wo lag ich hier?«
Mein Kopf tat weh. »Hallo?«, versuchte ich zu rufen, doch es kam nicht mehr als ein Krächzen aus meiner trockenen Kehle. Die spärliche Möblierung in diesem Raum half auch nicht weiter. Ich hoffte still bei mir, noch in Westvill zu sein. Meine freie Hand fasste unter die Bettdecke. Ich suchte mein Handy, doch spürte einen Verband mit meinen Fingern. Ich warf das Bettlaken zurück und setzte mich auf. Alles schmerzte.
Irgendetwas verband mein benebelter Verstand mit diesem Ruf nach Aufmerksamkeit. »Hallo?« Wieder keine Antwort.
Bilder von einem Wald irrten in meinem Kopf herum.
Ich sah ein weißes Kleid in der Ferne verschwinden.
Ein Plakat. »*Westviller 250 Jahr Feier – Auf dem Marktplatz – 30.September – Eintritt frei!*«, stand darauf.
Ein Herz, an einen Baumstamm gemalt. Was dort stand, konnte ich nicht erkennen. Ich kniff die Augen zusammen und versuchte mich noch stärker zu konzentrieren.
»Was hat das zu bedeuten?«
Eine Blume auf einem Fenstersims tauchte im Dunkeln auf. Dann eine Kerze. Blut, an meiner Hüfte und eine umgefallene Leiter. Wieder Wald – diesmal etwas klarer und deutlicher. Mein ganzer Körper zuckte zusammen...

Ich schrie auf, Holz knackte. Blätter raschelten. Es schallte durch den Wald. Dumpf schlug ich auf dem Boden auf. Der Schmerz durchfuhr mich wie ein Blitzschlag.
Ich blieb kurz schmerzgekrümmt liegen, dann raffte ich mich auf. Lief laut atmend in die Richtung in der vor einer Minute Marla verschwunden war. Ich rief ihren Namen und es klang monoton aus der Ferne zurück. Stöcker zerbrachen, meine hektisch nach vorne stürmenden Füße rutschten auf nassem Moos weg. Die Blätter um mich herum glänzten nass geküsst vom Tau an den Stellen, an denen das Mondlicht in dieses Schauspiel schien. Der Morgen hatte sich also endlich angekündigt, doch noch war es dunkel. Dann konnte ich wieder etwas Weißes in der Ferne erkennen. »Marla«, sagte mir mein Verstand hoffnungsvoll. Ich rannte schneller. Dünne Baumstämme schwankten immer wieder in meinen Weg. Alles, dieser Tag, die Dinge die ich schon gesehen hatte und dieser Hürdenlauf zwischen den Bäumen und Büschen schienen hinter einer Scheibe stattzufinden. Mein Körper schmerzte höllisch und mein Kopf verstand nicht, was sich hier gerade abspielte. Ich fühlte mich gefangen in einem schlechten Film und ein Ende war nicht in Sicht. Plötzlich sah ich Marla oder den Geist, zu dem sie geworden war, nur noch einige Meter von mir entfernt. Mein Herz pumpte, meine Lunge brannte und meine Füße überschlugen sich fast. Keuchend, kam ich neben ihr auf einer Lichtung zu stehen.
Vor uns lag, still abwartend, das Moor.
Ich erblickte das Gestell eines alten Fahrrads, das zur Hälfte aus dem Schlamm ragte. Blasen stiegen hin und wieder auf und warfen kleine Schatten auf die Oberfläche, und dort, wo die Lichtung sich der Dunkelheit ergab, musste auch irgendwo das Moor enden.
Marla stand so regungslos wie einst auf dem Spielplatz da. Und auch heute wirkte sie, wie ein viel zu hübscher Organismus an einem toten Ort.

Ich sah sie schwer atmen, sah Blut an ihren Füßen. Der Waldboden hatte sie nicht gehen lassen wollen...
Ich umfasste sie mit beiden Armen, weil ich Angst hatte, sie würde sich ins Moor stürzen. Sie fühlte sich eiskalt an und erschrak, als sich unsere Körper berührten. Ich suchte nach Worten. »Marla«, sagte ich und hielt sie ganz fest, »was machst du hier? W-was hast du in Benjamins Haus gemacht?«
Wir beide zitterten. Eine Fledermaus flog in einiger Entfernung von einer zur anderen Baumkrone. Ein dünner Baum, der schon vor Ewigkeiten bei einem Sturm umgeknickt war, konnte sich nicht aus der tödlichen Umarmung des Sumpfes befreien. Der Wald schwieg. »Die Blumen waren doch welk. Ich musste neue ans Fenster stellen«, sprach Marla zart in die Stille, als wäre dies selbstverständlich. »Benjamin und ich wollten uns immer Lilien ans Fenster stellen.«
Ich ließ sie los und stellte mich vor sie. Konnte nicht glauben, dass sie eben tatsächlich gesprochen hatte. »Aber Süße-« Sie unterbrach mich und ich verstummte sofort. Viel zu kostbar war es, Worte aus Marlas Mund zu hören. »Er kann jetzt keine mehr hinstellen für mich, weil er weggezogen ist. A...aber ich weiß, dass er da, wo er jetzt lebt, immer noch jeden Tag eine Blume kauft und an sein Zimmerfenster stellt. Weißt du, wie im Gedicht. Sie wacht über mich und sie... sie zeigt mir, dass er da ist. Für... für immer. Er ist k-kein schlechter Mensch. Und er wollte das nicht... Es war dieser andere mit seinen Augen...« Sie begann zu weinen und ließ sich plump auf den blätterbedeckten Boden fallen.
Ich ging in die Knie. »Marla, Benjamin ist tot. Er ist nicht weggezogen«, sagte ich leise.
»Seine Eltern sind immer zum Arzt gefahren mit ihm. Er hat mir nie gesagt warum. Hat mir nur immer versichert, dass er mich liebt und gesagt, »*Mach dir keine Sorgen, Schatz...*« Sie redete weiter, als hätte sie meinen Einwurf nicht gehört. Ich berührte ihre Schulter mit

beiden Händen, wollte dass sie mich ansah. Schüttelte sie leicht.»Marla, er ist tot. Benjamin hängt tot in seinem Zimmer!«
Ich wusste, dass es hart war, ihr das so direkt an den Kopf zu knallen, aber schließlich war sie doch vor einer Viertelstunde noch selbst an ihm vorbeigeschwebt. Sie musste ihn doch gesehen haben – und das nicht zum ersten Mal.
Ich begann die Schmerzen in meiner Seite wieder deutlicher zu spüren. Viel stärker als vorhin, als ich mich noch auf dem Baumhaus befand. Mir wurde schwindelig und ich musste mich hinsetzen. Der Wald atmete grausam ein und aus.
Ich legte meine Hand auf eine ihrer Hände und sie fühlte verunsichert mit den Fingerspitzen der anderen darüber. Ich musste an die blinde Frau denken, mit der meine Mutter arbeitete.
»Marko... Marko. Bist du das?«, fragte Marla verunsichert und sah mir direkt in die Augen. »Äh ja...«, entgegnete ich verdutzt. »Wie lange bist du schon hier?« Ich verstand gar nichts mehr. »Na schon seit 'ner Ewigkeit. Seit Monaten. Warum? Du musst doch...«
»Ich... Ich...« Sie fiel mir um den Hals. Überrascht von dieser schnellen Aktion in dieser langsamen Szene, kippten wir beide nach hinten über. Ich lag auf dem Rücken und sie auf mir.
»Marko! Ich... bin so froh dass du da bist. Ich, ich....« Tränen tropften von ihrem Kinn auf mein Gesicht. Sie redete aufgebracht weiter. »Es war so schrecklich. Ich konnte, konnte nicht-« Ihre Stimme verschwamm in meinen Ohren. Mein Kopf dröhnte, und als ich mich aufrichten wollte, ergab sich mein Körper letztendlich der immer noch blutenden Wunde und ich knallte rücklings auf den kalten Waldboden. Neben Marlas entsetztem Gesicht sah ich den sichelförmigen Mond hinter einer Baumkrone verschwinden.

20.

Ich hörte Stimmen hinter der Tür und wären die Schmerzen nicht so groß gewesen, wäre ich sicherlich aufgestanden. Doch so konnte ich nur vermuten, wem sie gehörten. Ich tippte und hoffte still darauf, dass eine von ihnen die von Frau Hinnings war.
Der Atem des Herbstmorgens musste sich dem Haus geschlagen geben und was von ihm übrig geblieben war, war eine beschlagene Fensterscheibe, vor der eine gelbe Gardine mit weißem Rand hing.
Mittlerweile hatte ich einen Abreiß-Kalender neben der Tür über dem Lichtschalter entdeckt. »*3. Oktober*«, sagte mir dieser. Und mir wurde klar, dass ich schon drei Tage in diesem Zimmer verbracht hatte.
Gerade dachte ich über eine Blutvergiftung nach, die ich durch den Nagel vom Baumhaus bekommen haben könnte, als die Tür aufsprang und Marla und Margarete, begleitet von einem Windhauch, der noch viel mehr nach Krankenhaus roch, hereinkamen. Marla lächelte mich an und mein Bauch begann zu kribbeln. Es schien, als wenn dies ein normaler Tag von vor einem Jahr wäre. Abgesehen davon, dass ich hier verarztet in einem mir unbekannten Haus lag. Doch zumindestens war ich wohl noch in Westvill. Und das beruhigte mich sehr.
»Hab ich's doch richtig gehört«, grinste mich Frau Hinnings mit viel zu rotem Lippenstift an. Dieser passte überhaupt nicht zu den hellen Sachen, die die beiden trugen.
»Marko!« Marla strahlte mich an und umarmte mich.
»Aua!«, stöhnte ich als sie an meinen Gipsarm stieß.
»Hab dich mal nicht so – du hast dich jetzt drei Tage lang regeneriert!« Sie drückte mir einen kurzen Kuss auf die Wange, die sich im nächsten Moment sicher puderrot färbte. Sie sah toll aus.
Ihre Haare waren gewaschen und hatten kleine Löckchen bekommen. Und seitdem ich hier in Westvill war,

hatte ich sie nicht lächeln sehen. Doch das Allerschönste war, dass sie immer noch sprach.
»Also Marko, was du dir dabei gedacht hast, von diesem Baumhaus zu springen...«, sagte Frau Hinnings kopfschüttelnd, während sie die Tür schloss. Sie erhaschte meinen Blick auf den Flur. »Ach, du bist hier übrigens in dem Haus von meinem Bruder... Herrn Beier.« Ich konnte mir ein Grinsen nicht verkneifen und Marla sprach aus, was ich dachte: »Ja hier ist wirklich jeder mit jedem verwandt.« Wir lachten. Margarete rollte mit den Augen. »Ihr könnt froh sein, dass er euch hier aufgepäppelt hat. Die Polizei hätte euch am liebsten gleich mit in die Stadt zu ihrem Doktor geschleppt-« »Die Polizei?«, fragte ich und die Erinnerungen an das was ich im Haus der Kaisers gesehen hatte, kamen langsam zurück.
Ich bekam einen Kloß im Hals. Marla sah zu Margarete.
»Ich lass euch Zwei mal alleine. Wollte eh nur nach dir sehen und es scheint dem Herren ja schon wieder besser zu gehen«, flötete sie und verließ den Raum.
Nachdem die Tür zugefallen war, war ich mit Marla alleine. Ein Tag, auf den ich lange gewartet hatte.
»Wie geht's dir, Süße?«, fragte ich glücklich.
Sie setzte sich auf mein Bettende und begann zu erzählen. Wir redeten stundenlang, und all die Dinge, die ich in den letzten Monaten nicht verstehen konnte, bekamen langsam Farben und formten sich immer mehr zu einer schrecklichen Geschichte. Einer Geschichte, die ich mir in diesem Ausmaß nie hätte erdenken können.
Marla redete fast ausschließlich, nur ab und zu warf ich ein paar Dinge ein und sie rückte währenddessen immer näher an mich heran.
Ich konnte nicht mehr zählen, wie oft uns beiden die Tränen liefen oder wie oft ich sie in den Arm nahm und ihr versicherte, immer für sie da zu sein und das jetzt alles wieder in Ordnung kommen würde.

Marla

21.

Es war ein schöner Sommertag. Ich kann mich noch erinnern, wie mich die Sonne blendete, als ich mich auf die Terrasse setzte. Es waren die ersten Stunden meiner Ferien. »Endlich«, dachte ich und fing an, in meinem neuen Tagebuch zu schreiben. Die Luft roch süß nach tausend jungen Blüten und ich hatte ihm viel zu schreiben. Viel zu lange hatte es gedauert, bis ich mich aufgemacht hatte, um mir auf dem Markt ein neues Buch zu kaufen.
Tristessa, hieß die Frau. Ich fürchte, ich hab ihren Namen jedes Mal falsch geschrieben. Sie war Zigeunerin oder so was ähnliches. Sie hatte braunes, dichtes Haar, in das sie dünne Stoffbänder in allen Farben geflochten hatte, und wenn der Wind es durchwehte, sah sie irgendwie magisch oder mystisch aus. Außerdem trug sie lange beige Leinenkleider. Diese gaben einen hübschen Kontrast zu ihren großen grünen Augen. Sie passte so gar nicht auf unseren biederen Markt, aber trotzdem gehörte sie einfach dazu.
Ich weiß nicht, wann sie das erste Mal in Westvill auftauchte, denn seit ich denken konnte, war sie jeden Mittwoch dort. Und ihr Stand zog mich seit jeher am meisten in den Bann. Als ich noch viel jünger war, hatte mir meine Mutter einen Traumfänger aus Leder mit blauen Federn von Tristessas Holzwagen gekauft, nachdem ich sie die ganze Woche über angebettelt hatte. Bei ihr kaufte ich dann auch über die Jahre meine Tagebücher.
Ihr Mann, den ich nie zu Gesicht bekam, machte diese selbst, erzählte sie mir einmal. Und auf jedem Titelbild war ein Zeichen ihres Stammes ins Leder gestickt. Ich weiß noch, dass das Symbol auf meinem blauen Tagebuch »*Glücklicher Morgen*« hieß.

Ich begann zu schreiben. Dass die Schule endlich sechs freien Wochen gewichen war und dass nun bald das Dorffest anstehen würde. Mutti und ich hatten auch dieses Jahr wieder jeweils einen kleinen Auftritt. Sie würde in dem Kleid, das sie sich an der alten Nähmaschine von ihrer Mutter extra für diesen Anlass geschneidert hatte, tanzen, und ich sollte die Stadthymne und noch ein Lied, welches ich selbst wählen durfte, singen. Es sollte eins von Placebo sein, das war mir sofort klar.
Auch mir hatte Mum ein Kleid genäht – ganz chic in weiß – aber als es dann soweit war, zog ich doch lieber ein ganz normales Top mit kurzem Rock an. Meine Mutter war noch Wochen danach sauer und ließ das Kleid auf dem Schaukelstuhl im Lesezimmer liegen und jedes Mal wenn wir beide gleichzeitig im Raum waren, sah sie rüber und seufzte laut hörbar.

Wenn es sonst in Westvill auch ziemlich ruhig war, belebte das anstehende Fest das Städtchen doch jedes Jahr wieder. Alle noch rüstigen Rentnerinnen standen schon fast eine Woche vor den eigentlichen Planungen im Gemeindezentrum auf der Matte und wollten helfen. Ich absolvierte mein Schulpraktikum in diesem Jahr dort, am Empfangstresen.
»Tut mir wirklich leid, Frau Nahlik, auch wenn Sie und ihr Mann jetzt schon die Papiergirlanden schneiden wollen – wir können sie frühestens nächsten Montag einschreiben. Das wäre sonst den anderen gegenüber unfair...« »Aber Marla-Mädchen, wir machen das doch jedes Jahr. Und die Augen von meinem Hermann werden auch nicht besser. Vielleicht ist es das letzte Jahr in dem er noch richtig mit anpa-« »Ich weiß, Frau Nahlik, aber jeder soll doch die gleiche Chance erhalten, etwas zum Fest beitragen zu können. Und es gibt doch auch so viele andere, tolle Sachen, die sie machen könnten wenn-« »Wir schneiden immer die Girlanden!«, motzte

sie, drehte auf der Stelle um und stapfte wütend aus der Gemeindehalle.
Am darauf folgenden Montag wartete sie dann schon vor dem Aufschließen vor der Tür und bekam, was ihr sicherlich eine schlaflose letzte Woche beschert hatte.
Die anschließenden Proben verliefen allesamt gut, und schnell hatten alle Beteiligten ein zweistündiges Programm einstudiert.
Größtenteils ziemlich abgedroschen zwar, aber doch auf eine nette Art. Mein Gesangspart war, von der alljährlichen Eröffnungshymne abgesehen, schon der neumodischste Teil des Festes.
»Die Leute, die sich um die Gestaltung des Marktplatzes gekümmert haben, hatten ebenfalls gute Arbeit geleistet«, dachte ich mir, als ich am Mittwochnachmittag um 18 Uhr die Bühne betrat.
Alle Blumenkästen waren neu bepflanzt worden. Eine Aufgabe, die den Bewohnern der einzelnen Straßen zugeteilt wurde, die sich nicht weiter an den Vorbereitungen beteiligen wollten oder konnten. Jede Straße in Westvill war nach einer bestimmten Pflanze benannt, und so lag es an jedem Betroffenen, die jeweilige Blumendekoration zu organisieren. Frau Hinnings war in diesen Tagen glücklicher als im ganzen restlichen Jahr. Ihr Blumenladen, den sie in diesem Jahr endgültig an ihre Neffin übergeben wollte, florierte mehr denn je. Da keiner der Dorfbewohner sich die Mühe machte extra in die Stadt zu fahren, um kiloweise Grünzeug zu besorgen. So sah man in der Woche vor der Feier hauptsächlich ältere Männer, die keine Lust hatten an einem Satirestück oder anderem Schauspiel teilzunehmen, in den Laden von Magarete schleichen.
Girlanden hingen überall, in allen erdenklichen Farben und Formen. »Hier waren ganz klar Profis am Werk«, dachte ich grinsend.
Der alte Herr Melsens hatte, wie jedes Jahr, das Catering gestellt. Still hoffte er wahrscheinlich, dass das bis

zum nächsten Jahr einen Umsatzbonus bringen würde – denn seit er nicht mehr selbst im Kiosk stand, konnte man ihn nur noch über die ständig weniger werdenden Einnahmen meckern hören. Doch heute hatte er sich aufgerafft und sein altes faltiges Gesicht lächelte, wie zu seiner besten Zeit, als er gerade einer Frau ein Mineralwasser verkaufte, als sei dies die Mona Lisa.
Im zweiten Wagen, der am zweiten Eingang zum Marktplatz stand, wischte sein Sohn Frank gerade die Theke ab.
Der Marktplatz, der wie ein großes Trapez angeordnet war, füllte sich zusehends mit Leben.
An der Spitze, auf der Bühne, stand ich und beobachtete die Uhr, die gegenüber, hinter den kleinen Hecken des Platzes, am Rathaus zu sehen war. Der große schwarze Minutenzeiger bewegte sich auf den nördlichsten Strich zu. Ich klopfte auf das Mikro, eine Rückkopplung verriet mir, dass es an war, und begann mein Lied zu singen. Bei den ersten Tönen drehten sich alle Köpfe gen Bühne, was mir eine unglaubliche Gänsehaut bescherte. Ich hatte schon einige Gesangsauftritte bei den Dorffesten bestanden, aber mit jedem weiteren Jahr, das ich älter wurde, wurde es mir immer peinlicher. Mit schweißnassen Händen drückte ich das Mikrofon nach dem Eröffnungslied in den Mikroständer. Rhythmisch sah ich die Hände der Westviller klatschen. Meine Wangen wurden warm und sicherlich war ich knallrot geworden. »Vielen Dank. D-danke.«
Ich lächelte schüchtern. Ich sah meine Mutter links neben der Bühne, schon in ihrem Kleid stehen und ebenfalls applaudieren. »Jetzt ein Song, den ich mir selbst ausgesucht hab. – *Special Needs*.« Ich nickte zum Tontechniker des Abends. Ein Vater von einer meiner Mitschülerinnen. Irgendwer schrie »Placebo!« zwischen den verwirrten Blicken der älteren Bürger, als das Playback zu laufen begann. Ich konnte nicht ausmachen, wer es war.

Mit einem »Danke und viel Spaß noch beim restlichen Programm«, verabschiedete ich mich und fühlte mich erleichtert. »Haste toll gemacht, Schatz«, umarmte mich meine Mutter auf der Treppe. »Auch wenn du in dem Kleid- Oh es geht ja schon los!«
Sie stürmte hektisch auf die Bühne, auf der sich schon die anderen drei Frauen positioniert hatten. Muttis beste Freundin guckte verärgert, als sie auf die Bühne stolperte. »Ich bin doch noch rechtzeitig, Sue«, hörte ich sie lachen, während sie sich ebenfalls in die Ausgangsstellung begab. Dann begann die Musik. »Wie kann man nur zu so etwas tanzen?«, dachte ich kopfschüttelnd als der Synthesizer eines 80er Hits ertönte.
Unten empfing mich die Bürgermeisterin, die als nächste mit ihrer Jahresansprache dran war. Auch sie bedankte sich bei mir und sagte, dass ich es wie immer super gemacht hätte. Danach mischte ich mich unter die Massen und suchte ein bekanntes Gesicht.
Als ich an Franks Bierwagen angekommen war und versuchte, mir einen Überblick zu verschaffen, fasste mir jemand auf die Schulter. »Gut gesungen, das zweite Lied.« Ich drehte mich um.
Eine Zahnspange strahlte mich an. Und zu ihr gehörte das süße Gesicht eines blonden Jungen. »Ähm, danke«, stotterte ich. »Ich hab laut Placebo geschrien«, grinste er weiter und fügte hinzu: »ich wusste ja deinen Namen nicht.« »Special... eh Marla «, sagte ich und bekam rote Wangen. »Reiß dich zusammen!«, dachte ich mir. »Marla ist wirklich ein *besonders* schöner Name.« Er lachte und ich verstand die Anspielung. Jetzt sag was Lustiges Marla, sag was Lustiges... »Ich musste übrigens die Dorfhymne singen – sonst hör ich eher so andere Sachen.« »Oh, wirklich?«, fragte er sarkastisch.
Im Hintergrund ging gerade der letzte Tanz meiner Mutter und ihren Freundinnen zu Ende und die Ersten begannen zu klatschen.

»Du wirst es nicht glauben... aber echt!«, scherzte ich.
»Ich bin übrigens Benjamin – nicht ganz so special wie dein Name, aber mit der richtigen Betonung kann man das locker wett machen.«
Da ich ihm nicht gleich zeigen wollte, wie er mich in den letzten zwei Minuten beeindruckt hatte, lächelte ich nur kurz und fragte ihn dann versucht ernst: »Und wie kommt's, dass ich dich hier noch nie gesehen hab?«
»Vielleicht, weil ich unter 50 bin?«, antwortete er taff.
»Du hast auch für alles einen Spruch parat oder?«, lachte ich und gab mich seinem Charme geschlagen.
»Ja nee, also meine Family und ich sind erst diese Woche hergezogen.« Er überlegte kurz und mein Herz hüpfte. »Was ist das eigentlich mit diesem Blumenfimmel bei den Straßen? Hab auf'm Weg hierher nur so komische Wegnamen gelesen... Nelkenallee, Hortensienweg, Orchideenweg-«
»Da wohn ich übrigens«, strahlte ich ihn an. »Aber du erwartest nicht, dass ich dir erkläre, warum die Stadtväter sich damals für diese Namen entschieden haben, oder?«
»Nee, lass ma gut sein. Ich wohn übrigens im Lilienweg... Neun glaub ich.« »Ist das nicht so 'n altes Haus?«, fragte ich neugierig.
Im Hintergrund lief währenddessen *»Die Müllerin und ihre neuen Kleider«*. Ein Stück, das Frau Hinnings geschrieben hatte. Sie natürlich in der Hauptrolle, als Männer verschlingende Rentnerin. Gerade war Westvills einziger Millionär, Alfred Klausen, ein netter alter Mann, verkleidet als Pastor an der Reihe. Der ganze Marktplatz lachte und es schallte von den umliegenden Häuserwänden zurück.
»Ja mein Vater wollte ursprünglich in die Stadt nebenan, aber eigentlich war nie mehr Geld als für'n altes Haus in Westvill da.« Er rollte mit den Augen und sah dabei so süß aus, dass ich ganz verrückt wurde. Benjamin verstellte die Stimme. *»Wenn wir alle 'n bisschen in*

unserer Freizeit dran arbeiten, ist das Haus in Null-Komma-Nichts mindestens so schön wie ein Neues UND«, Benjamin hob den Zeigefinger, *»dann wissen wir es viel mehr zu schätzen.«*
Ich lachte laut los. Dann sprach er normal weiter. »Mein Vater ist echt n' komischer Typ. Und besonders ist er alles andere als ein Handwerker. Ich denke, ich werd ihm helfen, die hinkelsteingroßen Löcher im Dach zu flicken, und dann wird er wohl sparen müssen...« Er lachte wieder und kratzte sich am Kopf. »Immerhin kennst du mich jetzt schon«, startete ich meinen ersten Flirtversuch und kam mir dabei ziemlich ungeschickt vor. »Es könnte also wirklich schlimmer sein.« »Allerdings.«
»Benjamin!« Von irgendwo klang eine helle, schrille Frauenstimme an unser Ohr. Ich sah eine kleine dicke Person, mit offensichtlich selbst gefärbten roten Haaren, von Richtung Bühne auf uns zu kommen.
»Jaja. Ich bin doch hier«, antwortete er genervt. »Benjamin, also wirklich. Hast du mal auf die Uhr geguckt? Du musst unbedingt nach Hause, deine Tabletten nehmen. Gut, dass wir vergessen haben, dir den Zweitschlüssel zu geben. Du hättest es ja wieder vergessen«, sagte sie vorwurfsvoll, immer noch im gleichen hohen Ton.
Er wurde rot. Ebenso färbte sich langsam der Himmel. »Mum, ist ja gut, ist ja gut.« Er versuchte, ihr klar zu machen, dass er sich gerade mit mir unterhielt und sie störte. Aber das schien ihr entweder zu entgehen oder egal zu sein.
»Diabetes«, flüsterte er mir zu. »Komm jetzt endlich. Ist sowieso ein schreckliches Fest. Was hat sich dein Vater bloß gedacht, hierher zu ziehen?«
Ich merkte, dass ich wütend wurde. Sicher war sie eine der Personen, die sich noch nie für etwas engagiert hatten, aber über alles und jeden meckerten. Benjamin war die ganze Situation sichtlich peinlich.

»Orchideenweg, ja?«, rief er mir zu und machte sich auf den Nachhauseweg. Seine Mutter war schon durch den Nordausgang des Marktplatzes verschwunden.
»Ja, Hausnummer 7!« »Würd mich freuen...«, fügte ich hinzu, als er schon hinter den Hecken verschwunden war.
Mein Herz klopfte schnell. Und ich fand, dass dies das beste Stadtfest war, an das ich mich erinnern konnte.
»Nun hatte ich all diese Männer und bin immer noch unglücklich«, schloss Margarete Hinnings, übertrieben dramatisch, ihr Theaterstück. Die Menge klatschte und pfiff begeistert, während die Sonne nun auch den Kopf der Bühne dem Scheinwerferlicht überließ.

22.

Noch am selben Abend, der Mond stand hoch über unserm Haus, klackten kleine Steine an mein Fenster. Ich tapste schlaftrunken in Richtung Fensterbrett und sah, dass Benjamin unten stand.
Ein Wärmeschub durchfuhr meinen Körper. Ich drückte den Messinggriff nach unten und öffnete das Fenster.
»Hey, Marla, ich hoffe, ich mach dir keine Angst. Aber wir wurden vorhin so auseinander gerissen. Ich dachte vielleicht... Hast du schon geschlafen?«, fragte er schuldbewusst von unten.
»Ähm, ja, aber ist echt kein Problem. Möchtest du hoch kommen?«, antwortete ich müde und so mutig, wie ich es selbst gar nicht von mir kannte.
»Och eigentlich find ich euern Garten recht gemütlich«, antwortete er und fügte dann nach einer kurzen Pause hinzu, »aber ich komm doch lieber hoch.«
»Aber *psst*, meine Eltern schlafen schon und meine Mutter würde ausrasten, wenn sie was davon mit bekommt.« Ich lächelte ihm zu. »Warte da. Ich komm runter und mach dir auf«, sagte ich und schloss das Fenster. Dann schlich ich nach unten. Die Uhr über der Treppe verriet mir tickend, dass es kurz nach zwei war.

Er ließ sich auf mein bestimmt noch warmes Bett fallen.
»Ich bin durch mein Fenster gestiegen und dann über das Vordach von der Hintertür...«, erklärte er. »Ich musste einfach raus. Und da ich nur dich bisher hier kenne, dachte ich mir *Gehste doch zu Marla*. Ich hoffe, das ist okay für dich?«
Ich hatte die Stehlampe unter meiner kahlen Schräge angemacht. Und sie warf Benjamins Schatten groß in den Himmel über meinem Bett. Ich träumte vor mich hin: Wollte dort sowieso mal Fotos ankleben und hoffte nun, dass sie irgendwann ihn und mich zeigen würden.

»Marla?« »Ähm ja, ist okay, ist okay. Mir war eh langweilig«, log ich furchtbar schlecht, gerade aus meinem Tagtraum gerissen.
»Weißte, ich muss mir nachher erstmal Gedanken machen, wie ich wieder reinkomme. Ich hab den zweiten Haustürschlüssel nämlich immer noch nicht. Naja, wenn alle Stränge reißen, kann ich immer noch im Baumhaus am Waldrand schlafen. Als ich heute zum Stadtfest gegangen bin, haben ein paar Jungs da gerade das Dach draufgenagelt. Ich wäre also gegen Eulen und läufige Füchse geschützt...« Er lachte.
Ich sah ihn lächelnd an. »Du bist echt 'n seltsamer Typ. Ich kann gar nicht glauben, dass ich dich reingelassen hab.« Benjamin tat gekränkt. »Und ich dachte, du magst mich, und jetzt das. Das tut echt weh... ich hoffe, das kannst du wieder gutmachen.« Er sah sich im Zimmer um und blickte mir dann tief in die Augen.
Mein Bauch kribbelte, als er sich dichter zu mir beugte. Gerade als ich meine Augen zum Kuss schließen wollte griff seine Hand an mir vorbei zum Nachttisch.
»Am besten mit Schokolade«, sagte er und hielt triumphierend eine Tafel mit ganzen Haselnüssen, die ich vor dem Schlafengehen aufgemacht hatte, in der Hand.
»Darf ich?« »Äh ja, sicher... «, antwortete ich und ärgerte mich über meine Naivität. Gut, dass ich ihm nicht um den Hals gefallen war. Dabei war es genau das, was ich jetzt am liebsten getan hätte.
»Danke«, mampfte er.
»Du, sag mal, ich wollte morgen mal 'n bisschen die Gegend erkunden, und meine Mum hat in einem ihrer tollen Ortsführer was von Crest Island gelesen und ich fand, das hörte sich ganz nett an.« Seine blauen Augen schauten wieder rüber. »Würdeste morgen mitkommen, Marla?« Ich konnte nichts gegen das Grinsen tun, welches sich in meinem Gesicht breit machte. »Na klar. Hier verpass ich doch sowieso nichts«, antwortete ich glücklich.

23.

Die Fähre legte am Steg von Crest Island an. Die Autos schaukelten auf ihren Achsen, als sie gegen die mit Gummireifen gepolsterte Hafenkante stieß. Wir standen ganz vorne und warteten, dass die Rampe runtergelassen wurde.
Benjamin ließ seine gelbe, mittlerweile zerknüllte Fahrkarte ins Wasser fallen. Wie ein Blatt segelte sie sanft im Wind, bis sie im klaren Wasser kaum sichtbar kleine Kreise zeichnete. Die Sonne schien so hell, wie schon in den letzten Wochen zuvor, und man konnte kaum auf das Meer gucken. »Ich wünschte, ich hätte meine Sonnenbrille mitgenommen«, sagte ich, die Augen zusammenkneifend, zu Benjamin.
Wir gingen am Kassenhäuschen der Fährgesellschaft und den Menschen, die auf ihre Rückfahrt warteten, vorbei und betraten das Herz der Insel: den Marktplatz. Dieser war nicht mit dem Westviller zu vergleichen. Er wurde zu drei Vierteln von der See eingehüllt.
Ich mochte dieses kleine Fischerdorf. Hier lebten knapp 100 Menschen, und sie alle verkauften entweder Sachen auf dem Markt oder lebten von den Dingen, die das Meer abwarf. Fast jeder zweite Marktstand, allesamt aus Holz gebaut, war mit Fischernetzen behängt und überall roch es nach geräuchertem Aal.
An den Ufern saßen Pärchen oder Angler, deren Posen im seichten Wellengang hin- und hertanzten.
Wir schlenderten über den Markt und ich hoffte nur auf den Augenblick, an dem Benjamin meine Hand nehmen würde.
Wir setzen uns auf die alten Holzstühle eines kleinen Restaurants, eigentlich war es nicht mehr als ein Imbiss, denn die Seeluft hatte uns hungrig gemacht. Eine zirka 80-Jährige Kellnerin, eindeutig eine Einheimische, kam gerade mit einem Tablett voller Softdrinks an uns vorbei. Ihre faltige Haut war von der Sonne gegerbt,

und nachdem sie die Getränke an ihre Kundschaft verteilt hatte, wischte sie sich schnaufend die schweißnasse Stirn ab.
Sie schien vollkommen überfordert zu sein und eine andere Bedienung war weit und breit nicht zu sehen.
Seit jeher war Crest Island immer gut besucht gewesen und besonders heute, bei dem bisher schönsten Tag dieses Sommers, waren die Leute in Scharen auf die Insel gestürmt.
»Was kann ich euch bringen?«, fragte Hilde, wie ich auf ihrem Namensschild ablas, mit matt krächzender Stimme. Wir bestellten und sie verschwand im Haupthaus des »*Schlafender Fischer*«.
Über der Spitze des Daches, an der ein Rettungsring des Restaurants angebracht war, konnten wir den Leuchtturm von Crest sehen.
Während Benjamin kurz eine Toilette suchen ging, fand ich, dass dieser Leuchtturm, mit seinen weiß-roten Ringen, überhaupt nicht in die sonst so verschlafene Atmosphäre passte. Er wurde vor drei Jahren auf dem höchsten Punkt der Insel gebaut, als die Besucherzahlen langsam zurückgingen. Ich konnte mir nicht vorstellen, dass solch ein neumodisches Gebäude ohne wirklichen Nutzen, denn vorher gab es hier auch keinen Leuchtturm, Besucher aus den Städten anziehen würde. Aber wie es schien, hatte diese übergroße Zuckerstange den Touristenanstürmen auch keinen Abbruch getan.
Benjamin kam wieder, lächelte mich mit seinen schönen blauen Augen geheimnisvoll an, und als wir gegessen und bezahlt hatten, schlug er vor, dass wir uns auch irgendwo ans Ufer setzen und auf das Meer schauen könnten. Natürlich konnte ich nichts anderes als »Gerne« sagen.
Dies war der schönste Tag seit einer Ewigkeit.
Wir spazierten über den trockenen Sandboden an einigen verdursteten Sträuchern vorbei, bis ans andere Ende der kleinen Insel. Hier waren wir bis auf ein paar

Möwen und den kühlen Wind, der leise um die Insel sang, ungestört. Ein zu Tode langweiliger Ort für eine einsame Person, aber ein Paradies für zwei Verliebte, wie ich fand. Und ich hoffte wirklich sehr, dass er genau das Gleiche für mich, wie ich für ihn, fühlte. Die Antwort auf meine Träumerei kam im selben Augenblick.
»Machste mal die Augen zu, Marla?«, flüsterte Benjamin mir zu. Ich hoffte wieder einmal auf einen Kuss. Meine Haare wehten in einer sanften Brise, als Benjamins Hände meinen Hals von hinten berührten. Ich bekam eine Gänsehaut. Dann spürte ich, wie er mir eine Kette umlegte. Ihre kalten Kugeln berührten meine sonnengewärmte Haut.
»Kannst wieder aufmachen«, sagte er leise und ich spürte seinen warmen Atem an meinem Ohr.
Ich sah an mir runter. Dort hing die Perlenkette, die mir vorhin auf dem Marktplatz so gut gefallen hatte. »Ach Benjamin – d-das ist so lieb. Ich weiß gar nicht, was ich sagen soll.« Und das stimmte vollkommen.
»Musste auch nicht«, sagte er und grinste wieder, so dass seine Zahnspange in der Sonne glitzerte. »Reicht, wenn du mich dich umarmen lässt.« »Hab ich nichts dagegen«, sagte ich schüchtern, lächelte ihn an und anschließend legte er seinen Arm um mich. Das Kribbeln in meinen Bauch wuchs zu einem Wirbelsturm an, zu einem Feuerwerk, einer Lawine, die die Einsamkeit der Westvilltage, in denen ich so oft von einem Jungen wie ihm geträumt hatte, begrub.
Ich war unglaublich glücklich, als ich hier mit ihm auf dieser alten, von den Gezeiten gezeichneten Bank saß und auf das Meer schaute. Selbst ein roter Sonnenuntergang hätte diesen Augenblick nicht schöner machen können. Und dafür war es auch noch viel zu früh.

24.

Ein Lichtstrahl quetschte sich unter der Tür hindurch, gefolgt von Schritten, die eilig über die Holzdielen im Flur polterten. Mutter hatte Frühschicht, und wie es aussah, war sie wie immer viel zu spät.
Draußen war es noch dunkel und beim Blick auf mein Handy musste ich an Benjamin denken, der gefühlt vor einer Woche, eigentlich jedoch erst vor ein paar Stunden gegangen war.
Heute konnte ich ihn nicht sehen, das hatte er mir bei unserer Verabschiedung am Tag zuvor gesagt. Er musste zum Arzt in die Stadt und konnte mir nicht sagen, wie lange es dauern würde und ob er dann noch Zeit hätte.
Im Badezimmer hörte ich irgendetwas auf den Boden fallen und meine Mutter laut fluchen. Kurz danach schlief ich wieder ein.

Als ich aufwachte, war es schon zwei Uhr nachmittags. Mama und Papa waren auf Arbeit und ich hatte das ganze Haus für mich. Das Bad duftete viel zu süß und nach einem Blick auf die Ablage des Badezimmerschranks wurde klar, dass Mum heute in aller Hektik ihr Lieblingsparfum fallen gelassen hatte.
Ich bekam Kopfschmerzen von der Überdosis Chemie im Raum und nahm mir vor, ins Wohnzimmer zu gehen, die Anlage aufzudrehen und auf der Terrasse zu frühstücken.
Auf dem Küchentisch lag ein Reisekatalog und eine kleine Berghütte im Schilangebirge war angekreuzt. »*Hütte Romantico – Genießen Sie die Romantik im Schnee – Nur ein paar Autostunden von zu Hause entfernt!*« stand dort über der Abbildung eines verschneiten Holzverschlags mit Whirlpool und Kamin.
»Ich werde garantiert nicht mitkommen, das sag ich dir gleich!«, drohte ich dem Katalog, mit erhobenem Zeige-

finger. Dann drehte ich mich lachend zur Spüle um und schnitt mir zwei Brötchen auf. Ich hatte Ferien, die Sonne schien und alles ließ darauf schließen, dass dies ein guter Sommer werden würde.

»Marla, wir müssen reden!« Die Tür fiel ins Schloss und ich vor Schreck fast vom Schaukelstuhl.
Meine Mutter lehnte im Durchgang zwischen Flur und Wohnzimmer. Aus ihrer blauen Tragetasche, die sie an einem Henkel hielt, sah man noch den Zipfel ihres Arztkittels heraus gucken. Ihr Blick vermieste mir augenblicklich die gute Laune, die ich den ganzen Tag über in mir getragen hatte.
»Was gibt's denn?«, fragte ich aufmüpfig. »Dieser Junge, Benjamin, triffst du dich eigentlich noch mit dem?«, wollte sie wissen und setzte sich auf den schwarzen Ledersessel vor mir. »Ja, na klar!«, sagte ich und freute mich, dass diese Antwort meiner Mutter überhaupt nicht gefallen würde. »Wir sind seit ein paar Tagen zusammen!« »Ich halte das für keine gute Idee, Marla.« Meine Mutter sah mich durchdringend an. »Weißt du, ich hab ihn heute im Krankenhaus geseh-« »Er hat Diabetes Mama, Diabetes!«, schrie ich sie an. Meine Mutter sah zu Boden. Es war offensichtlich, dass sie nachdachte. »Ich... denke nur, du solltest ein bisschen vorsichtig bei ihm sein«, versuchte sie mich zu beruhigen. »Mama!« Ich sprang auf. Der Schaukelstuhl knallte gegen das Bücherregal. »Mama, das glaub ich jetzt echt nicht. Du kennst ihn gar nicht. Nur weil du ihn einmal auf deiner Station gesehen hast, heißt das nicht gleich-« »Marla, beruhige dich, okay?! Ich hab einfach ein schlechtes Gefühl bei ihm und hab dich lediglich gebeten, vorsichtig zu sein.« Sie gab mir mit einer Handgeste zu verstehen, dass das Gespräch für sie beendet war, und ging dann aus dem Zimmer.
Stinksauer stampfte ich laut hörbar für meine Mutter, die gerade auf den letzten Stufen der Treppe war, in

den dunkelroten Flur, zog meine Jacke vom Ständer und ließ beim Rausgehen laut die Haustür ins Schloss fallen.
Der Teller von meinem späten Frühstück stand noch auf der Terrasse. »Soll meine Mutter den doch wegräumen«, dachte ich, immer noch stinksauer. Brötchenkrümmel lagen überall auf dem Holzboden verteilt. Unsere weiße Treppe strahlte wie eh und je.

Ich schlenderte durch die Straßen, wie ich es sonst nur in den langweiligen Herbstmonaten tat, wenn die Hecken der Nachbargrundstücke langsam durchsichtiger und die Bäume in den Straßen brauner wurden. Doch von der nächsten Jahreszeit und dem Rost, den sie über unser Städtchen bringen würde, war noch nichts zu spüren.
Ich winkte Frank und seinem Vater zu, der ihm gerade wieder eine Predigt über das richtige Auftreten beim Verkaufen hielt. »Wenn du dich nicht so dämlich anstellen würdest, hätte ich mich schon letztes Jahr ganz zurückziehen und meinen Ruhestand genießen können. Aber wie es scheint, werd ich hier noch Jahre ein Auge über dich haben müssen«, hörte man den alten Melsens zetern. »Ich weiß nicht, was ich da ständig falsch machen soll! Und wenn du mich fragst, sind die Umsätze schon seit Jahren gleich und nicht erst so schlecht, seit ich hier verkaufe, Paps«, antwortete Frank trotzig.
Ich bog in einen kleinen Seitenarm des *»Wild-Tulpen-Wegs«* ein und traf Herrn Wilter, der gerade mit dem Mann der Bürgermeisterin tief in ein Gespräch verwickelt schien. Zwischen ihrem Jura-Kauderwelsch, denn Herr Wilter war Anwalt und Rechtsvertreter von Westvill, ließ er ein kurzes »Hallo Marla« erklingen. Hastig grüßte ich zurück. Doch sie nahmen schon keine Notiz mehr von mir und ich ging weiter, während die Sonne kurze Schatten hinter mir zeichnete.

Ein paar Minuten später setze ich mich auf eine der vielen dunkelbraun gestrichenen Holzbänke, die irgendein Westviller der Stadt gespendet und dafür eine kleine silberne Plakette mit seinem Namen darauf bekommen hatte. Es gab viele solcher Aktionen in Westvill. Dies war aus der Not heraus geboren worden, da die Stadtkassen chronisch leer waren.
Auch uns gehörte eine Bank. Sie stand im »*Zitronengras-Park*«, im Norden der Stadt und mir fiel ein, schon ewig nicht mehr dort gewesen zu sein. Früher, als ich noch jünger war, hatte ich ihn öfter mit meinen Eltern zum Entenfüttern besucht.
Ich erinnerte mich an eine kleine, dicke, rosa Jacke mit dazu passenden Handschuhen, die an meinen Ärmeln festgebunden waren, und dass ich meinen Vater gefragt hatte, wo die Enten im Winter schlafen würden. »In einer warmen, kuscheligen Höhle unter dem gefroren Teich«, hatte er geantwortet. Und ich hatte mir vorgestellt, wie die Mutterente ihre Kleinen mit großen Blättern zudeckte und vorbeikommende Maulwürfe mit bösem Blick aus der Höhle scheuchte. Ich lächelte und dachte: »Dass ich mich an solche Sachen noch erinnern kann ist echt komisch.«
Mir gegenüber lag die Westviller Kindertagesstätte »*Klax*«. Eine Schar Kinder spielte Verstecken. Ein kleiner Junge, der sich hinter einem Baum versteckt hielt, sah zu mir rüber, legte einen Finger vor seine Lippen und machte »Pssscht!«. Doch schon kurz darauf sprang ein gleichaltes, blondes Mädchen mit ausgestreckten Armen vor ihn und schrie »Hab dich g'funden, Tommy!«. Er guckte drein, als ob eine Welt für ihn zerbrach und zog einen Schmollmund.
Grinsend musste ich an den gestrigen Abend auf dem alten Spielplatz denken.

25.

»Ich wollte mich noch mal für das Gedicht bedanken. Das ist echt voll schön, Benjamin.« Die Sonne schien uns warm ins Gesicht. Es wurde langsam Abend, doch bisher war dies nur an den Zeigern unserer Uhren zu erkennen. Wir kamen zu dem alten Spielplatz, vor dem ich mich als Kind immer gefürchtet hatte. Er war seit ich denken konnte in diesem grusligen Zustand, doch heute ließ das weiche Licht des Sommers die verrosteten Spielelemente wie ein abstraktes, aber dennoch schönes Gemälde wirken. Es schien, dass die Natur diesem traurigen Ort vergeben hatte.
»Du wirst dich jetzt an so was Romantisches gewöhnen müssen, Schatz«, antwortete er und küsste mich auf den Mund. Alles in mir kribbelte, wie es schon die ganzen Tage in seiner Gegenwart tat.
Unsere Fußabdrücke pressten sich sanft in den Sand, als wir den Spielplatz betraten.
»Ich lieb dich«, flüsterte ich ihm zu. Wir setzten uns auf die zwei Schaukeln und still hoffte ich, dass sie uns halten würden, denn sie schienen sich schon seit Jahrzehnten in keiner guten Verfassung mehr zu befinden. Benjamin hielt sich an den Metallketten der Schaukel fest und beugte sich zu mir rüber. »Ich dich auch Marla.« Er nahm meine Hand. »Kannst du dich erinnern was im Gedicht stand? Das mit dem *besondere Orte bemalen*?« Ich nickte. »Sieh dich mal um«, sagte er grinsend und wartete auf meine Reaktion. »Oh Benjamin.«
An der Betonmauer hinter uns, die den Spielplatz vor dem Rest der Stadt schützte, war groß das Datum unseres Zusammenkommens mit dunkelrotem Graffiti gesprayt: »*10. Juli 2002*«.

Ein ebenfalls rotes Herz prangte am Holzturm, an dem eine alte ausgeblichene Plastikrutsche angebracht war.

Man sah wie das Graffiti an manchen Stellen, beim Herunterlaufen, eingeschlafen und festgetrocknet war.
»Du kannst dir nicht vorstellen wie meine Mutter gestern Abend ausgerastet ist, als sie meinen Pullover waschen wollte und der voller roter Sprayfarbe war. Die blöde Dose war kaputt!« Er ahmte wieder mal seine Mutter mit schriller Stimme nach: »*Geht das schon wieder so mit dir los, Junge! Wir dachten Westvill würde dich auf vernünftige Gedanken bringen.* – Hey, Psychiater sagen doch auch immer, dass man seine Gefühle rauslassen soll.« Er lachte.
»Du bist so unglaublich. So etwas hat noch nie ein Junge für mich getan.« Meine Augen wurden feucht vor Glück. »Weißt du, dass ich diesen Ort nie leiden konnte? – Bis heute!«, strahlte ich ihn an.
Ein paar Tränen rollten meine Wange runter und tropften in den Sand. »Hey, nicht weinen Schatz«, sagte er und seine Hand wischte zärtlich die Tränen aus meinem Gesicht. »Du solltest dich eigentlich freuen.« »Tu ich doch, du Blödmann!«, schluchzte und lachte ich zugleich, während ich meine Augen am Ärmel meines Tops abwischte.
Die Wiesen, die sich jenseits des Spielplatzes befanden, standen im satten Grün. In der Ferne war schwach die Brücke der Autobahn zu erkennen. Und ein paar Pferde hatten ein schattiges Plätzchen unter einem Baum gefunden.
Ich stand auf und küsste Benjamin auf die Lippen. Er lächelte. »Ich hab noch was. 'Ne Idee, Schatz. Hab mir das vorgestern, als ich dir den Text geschrieben hab, schon alles ausgemalt.« Er stand auf, ging zu meiner Schaukel, die immer noch leicht hin und her schwang, hielt sie fest und sagte: »Ich würd hier gerne 'n Stück von meinem Gedicht einritzen, und jedes Mal, wenn wir dann zusammen hier sind, machen wir einen Schnitt ins Holz. So als Zeichen, dass echte Liebe auch an so einem traurigen Ort für lange Zeit bestehen kann. Für

mich ist es mit dir nämlich was ganz Besonderes. Und ich hoffe, dass uns das hier für immer zusammenschweißen wird. Auch in schlechten Momenten, weißt du? Und irgendwann wird das ganze Holz voller Kerben sein... Hey, Süße, sind das immer noch Glückstränen?«
»Jaa«, schniefte ich berührt von dem, was er sich für uns ausgedacht hatte.
»Ich hatte auch noch nie so 'ne Gänsehaut – guck mal!«
Ich zeigte ihm meinen Arm und er streichelte mit seiner Hand über die kleinen, weißen, aufgestellten Härchen. Dann machte er sich auf, mit seinem roten Taschenmesser einen Satz in das Holz zu schnitzen.
Ich saß auf der anderen Schaukel und beobachtete ihn. Mir kam es vor, als wäre dies alles nur ein wunderschöner Traum und hoffte, niemals daraus aufzuwachen.
»So, du darfst die erste Kerbe machen«, sagte er als er fertig war und hielt mir das Messer hin. »Ich finde du solltest das tun. Das hier war alles deine tolle Idee. Mach du zuerst, Schatz.« Ich zwinkerte ihm zu. »Du weißt, dass ich nicht *nein* sagen kann, wenn du mich so ansiehst... und besonders, wenn du dann noch... Oh nein, nein nicht! Ich mach ja schon, ich mach ja schon.« Er lachte, als ich begann, meine dunklen Locken verträumt um den Finger zu wickeln.

26.

Ich setzte meinen Spaziergang fort. Es war kurz vor sechs und wenn ich heute noch Blumen bekommen wollte, musste ich mich beeilen.
Frau Hinnings Laden lag, wie die meisten Geschäfte und viele hatten wir nicht, im Häuserring um den Marktplatz verteilt. Ich passierte ein paar der typischen Straßen in dieser Gegend. Ein Fremder hätte sicher geglaubt, er wäre im Kreis gegangen, doch ich kannte mich hier bestens aus, und jeder Weg und jedes Grundstück hatte seine eigenen kleinen Details und Geschichten.
Ich kam am Haus meiner ehemals besten Freundin vorbei. Sie war im letzten Jahr weggezogen und noch immer kam eine tiefe Traurigkeit darüber in mir auf, wenn ich hier vorbeikam. Die neuen Bewohner hatte die Holzvertäfelung des Hauses komplett neu in einem hellen Grün gestrichen und den Garten mit weißen chinesischen Figuren zugestellt, aber Maries selbstgebautes Vogelhaus hing noch immer am Apfelbaum.
Auf einem anderen Grundstück standen zwei Kirschbäume an beiden Seiten des roten Gartentors in voller Blüte und viele der weiß-rosa Blätter lagen auf dem Gehweg.
Ich genoss die Ruhe und Idylle, die es jeden Sommer hier zu erleben gab, und sah die Uhr des Rathauses immer näher kommen. Drei Minuten später, um 17:55 Uhr, betrat ich »*Margaretes Blumenparadies*«. Das übliche Läuten des Glockenspiels, welches bei jedem kommenden und gehenden Kunden erklang, begrüßte mich vom Türbalken. Frau Hinnings schreckte hinter ihrem Monitor hoch und mich umwehte die erste süße Brise hunderter Blumen. »Kind, gut, dass du kommst. Dieser Computer macht mich verrückt. Ich hab hier irgendwo raufgeklickt und jetzt kommt immer so eine englische Fehlermeldung und diese Maus bewegt sich auch kein Stück mehr.« Sie fuhr sich durch die braunen, nachge-

färbten Haare. »Ich bin einfach zu alt für sowas... Ich kann ja nicht leugnen, dass es interessant ist – dieses Internet-, aber ich glaub, es liegt ein Fluch auf mir. Ständig funktioniert dies oder jenes nicht.« Margarete lachte laut los und schüttelte dabei unverständig den Kopf. Sie sah richtig verloren aus, was man in allen anderen Lebenslagen überhaupt nicht von ihr behaupten konnte. Ich beugte mich über die Kasse, um einen Blick auf den Monitor zu erhaschen. »Ah, die Maus ist rausgezogen. Gucken Sie mal hinten am PC nach, ob da ein grünes-« »Ich fass da gar nichts mehr an! Nachher fängt er noch an zu rauchen.« Wieder lachte sie wiehernd los und machte anschließend Platz, um mich auf die andere Seite des Tisches zu lassen. 30 Sekunden später verschwand das Hinweisfenster auf dem Bildschirm und der Cursor ließ sich wieder bewegen. »Du bist ein Schatz, Marla«, seufzte Frau Hinnings und drückte mich an ihre grüne Blumenschürze. »Dafür darfst du dir jetzt auch irgendetwas aussuchen.« »Oh danke«, entgegnete ich überrascht und sah mich im Laden um.

Von den Zedernholzregalen aus lachten mir in allen Farben Blumen in Sträußen und aus mit viel Liebe zurechtgemachten Töpfen und Holzkörben zu. »Ich brauch eine weiße Lilie«, sagte ich leise und bekam rote Wangen. Frau Hinnings verschwand kurz zwischen den Blumen und kam dann mit einem wunderschönen Exemplar in der Hand wieder und überreichte mir diese. »Vielen Dank«, freute ich mich und betrachtete die Pflanze. »Wofür brauchen Sie seit neustem eigentlich einen Computer, Frau Hinnings?« Sie ließ sich auf ihren alten schwarzen Arbeitsstuhl fallen, der bedrohlich unter ihrem Gewicht knarrte. »Ach, der ist ja überhaupt gar nicht für mich. Meine Nichte soll nun bald den Laden übernehmen und sie hat so einen Fimmel: Alles muss neu und modern sein...« Sie schnaubte verächtlich. »Ich bin ja nun wirklich nicht so schrullig, wie die meisten

hier in Westvill, aber wofür ein Blumenladen einen Computer braucht, versteh ich Gott-weiß-nicht.« Ich nickte grinsend. »Ach und Marla...« »Ja?« »Es heißt *Du*.« »Wie bitte?«, fragte ich verwirrt. Ich hatte gerade die Lilie betrachtet. »Margarete – wie der Laden hier.« Ihre Miene wechselte von strahlend zu deprimiert. »Zumindest noch heißt er so.« »Achso. Ja, 'tschuldigung. Ich stand gerade auf'm Schlauch«, lächelte ich verlegen.
»Ist da etwa wer verliebt?«, fragte sie neugierig. »Vielleicht in den jungen Mann, der hier diese Woche auch schon eine Lilie gekauft hat?«
Ich strich mir die Haare aus dem Gesicht und nickte fast unmerkbar. »Ach, wie süß. Das erinnert mich an meinen ersten Freund, damals in Wellburg... Aber ich will dich jetzt nicht mit den romantischen Erinnerungen einer alten Frau belästigen.« Sie sah zur Uhr an der Wand. »Außerdem hab ich endlich Feierabend! Bestell deinen Eltern schöne Grüße und jetzt raus hier...« Sie zwinkerte mir zu und wieder erklang das Glockenspiel über meinem Kopf.

27.

Es war der dritte Samstag in meinen Ferien und der erste Tag mit schlechtem Wetter. Als ich am Morgen aufstand und aus dem Fenster sah, konnte ich gerade Mal bis zu den Grenzen unseres Grundstücks sehen. Ganz Westvill steckte in einer dicken, grauen Nebelwolke und diese schien die Sonne den ganzen Tag nicht durchlassen zu wollen. Die Luft war feucht und kalt und meine Laune auch nicht die beste.

Die letzte Woche war vergangen und ich hatte Benjamin nur noch einmal seit unserem schönen Abend auf dem Spielplatz gesehen. Auf meinem Handy befanden sich vier oder fünf SMS, auf denen er sich entschuldigte, auch am jeweiligen Tag keine Zeit zu haben, weil er in die Stadt zum Arzt musste.

»Bei diesem blöden Wetter kann ich nicht mal die Lilie an Benjamins Fenster sehen«, dachte ich niedergeschlagen, als ich in meinen Schlafpants, plus dazugehörigem T-Shirt, auf dem kalten Fensterbrett saß und in die Nebelwand stierte.

Ich vermisste seine Augen, seinen Mund und von ihm umarmt zu werden. Ich war kurz davor zu weinen. Beruhigte mich dann aber damit, dass dies einfach nur eine schlechte Woche sei und ja bald Montag wäre.

Barfuss tapste ich ins Badezimmer und drehte den Wasserhahn an unserer Badewanne auf. Meine warmen Füße malten feuchte Flecken auf die kalten Fliesen und Flurdielen. Der ganze Raum war, durch das Rollo in der Dachschräge, in ein blaugraues Licht gehüllt und nur die metallenen Armaturen glänzten leicht. Ich betätigte den Lichtschalter, legte die Sachen, die ich später anziehen wollte, auf den Wäschekorb und suchte mir ein Handtuch aus dem weißen Schrank neben dem Waschbecken. Nach dem Bad wollte ich mal wieder Tagebuch schreiben.

Das Telefon klingelte von unten. Ich drückte auf die Pause-Taste meiner Anlage, die im selben Augenblick verstummte, sprang über mein Bett und lief schnurstracks runter in die Küche. Nahm mir das Telefon aus der Halterung vom Holzbalken und fragte aufgeregt »Hallo?« in die Sprachmuschel. »Hey Schatz, ich bin's«, klang Benjamins Stimme aus dem Hörer. »Bin gerade zurückgekommen, und wenn du Zeit hast, könnten wir uns ja heute noch treffen. Hab 'n bisschen Sehnsucht.« »Ja natürlich. Du glaubst gar nicht, wie ich gerade grinse«, antwortete ich glücklich. »Ich saß schon den ganzen Tag wie auf Kohlen auf meinem Bett und hab auf deinen Anruf gewartet. Wann soll ich denn vorbeikommen? Oder willst du? Oder wollen- Hab ich überhaupt schon *Hi* gesagt?« Er lachte. »Am besten wäre es, wenn du zu mir kommst. Meine Mutter nervt mich zwar schon wieder mit irgend 'nem Quatsch, aber sie scheint dich zu mögen und dann hört sie vielleicht auf zu stressen. Das Wetter ist ja auch nicht so toll heute. Das hat auf der Rückfahrt ja wieder geregnet und dann dieser Nebel... aber äh... sonst komm einfach in 'ner halben Stunde vorbei, okay?« »Oh dann muss ich mich jetzt aber beeilen. Aber ja, ja auf jeden Fall. Ich freu mich. Bis nachher dann, Schatzi.« »Ich liebe dich.« »Ich dich auch.«

Am anderen Ende der Leitung klackte es leise und ich hängte das Telefon wieder zurück in die Station. Für einen Außenstehenden sah es sicher ziemlich behämmert aus, wie ich nun in der Küche stand und den Holzbalken vor mir anlächelte. Doch schon im nächsten Moment schossen mir die tausend Dinge in den Kopf, die ich noch zu erledigen hatte, bevor ich mich unter Benjamins blaue Augen trauen wollte.

Mit noch leicht nassen Haaren und dem Geruch meines neusten Parfums umgeben, betrat ich den Weg vor unserem Grundstück. Draußen war es immer noch neblig und die Sonne schien schwach, wie durch ein Milchglas, auf unsere Siedlung. Schon als ich um die nächste Ecke bog, konnte ich unser Haus nicht mehr durch den grauen Vorhang ausmachen. Dies war das Westvill, wie ich es überhaupt nicht leiden konnte.

Nach einer Weile erreichte ich in den Lilienweg und einige Meter weiter erschien die große knochige Weide, auf dem Grundstück Nummer 9 aus dem Nebel. Ihre Krone war nicht zu erkennen und so sah es aus, als würde sie bis in den Himmel reichen.

Schaudernd betrat ich das Anwesen durch das quietschende Metalltor, welches durch die hohe Luftfeuchtigkeit wie nass geregnet aussah. Ich klopfte zweimal laut an die Haustür. Jemand lief polternd die Treppe runter und ich hörte Stimmen von drinnen. Dann sprang die schwere, verzierte Holztür auf und Benjamin stand vor mir. Er lächelte, doch seine Augen verrieten, dass er ziemlich müde zu sein schien. Wir küssten uns kurz zur Begrüßung, dann bat er mich rein. Wie schon bei meinem letzten Besuch, roch es im ganzen Haus nach frischer Farbe. Die Kaisers wohnten noch nicht lange hier und hatten sich noch nicht komplett eingerichtet und zu Ende renoviert. Und gerade letzteres war dringend nötig. Stand das Haus doch vorher einige Jahre leer. »Ein Wunder, dass sich überhaupt jemand entschlossen hatte, hier heimisch zu werden«, dachte ich, die knarrende Holztreppe nach oben gehend. Benjamin vorneweg.

Wir ließen uns auf sein dunkles Ledersofa fallen, was an der Wand rechts von der Zimmertür stand. »Langsam hängt mir das wirklich alles zum Hals raus! Jeden Morgen früh aufstehen... und sich das Gelaber anhören«, schimpfte er. Ich nickte mitfühlend. »Das glaub ich dir, Schatz«, sagte ich und legte meinen Arm um ihn. Er zuckte zusammen, schob ihn weg, stand auf und setzte sich mir gegenüber, auf seinen Schreibtischstuhl. Ich sah ihn verdutzt an.

»Sorry«, sagte er. »Ich brauch gerade 'n bisschen Abstand. Also nicht von dir. Aber vorhin im Krankenhaus, haben zig Ärzte an mir rumge-« Er verstummte. »... ist ja auch egal.« Er drehte sich zum Schreibtisch und durchsuchte die Schubladen.
Ich war immer noch etwas getroffen von seiner Abfuhr eben, und die Lilie, die in einer roten Vase am Fenster stand, konnte mich auch nicht aufmuntern. Das Licht schien blass durch ihre weißen Blätter in den Raum und der ganze Augenblick kam mir ganz und gar unwirklich vor.
»Magste 'n Stück Schokolade, Marla?«, durchbrach er die Stille und hielt mir eine fast leere Packung Milka hin. »Nee, danke«, antwortete ich und fragte dann: »Du sag mal, du isst ja echt viel Schokolade, dafür dass du Diabetes hast, oder?« Er zog die Tafel weg und sah mich mit großen Augen an. »Äh. Ich, ich hab Tabletten dafür. Moment, ich zeig sie dir.« Er lief aus dem Zimmer.
Man hörte Frau Kaiser genervt im Erdgeschoss mit einem der Möbelpacker diskutieren. »Wenn ich es ihnen doch sage: Dieser Schrank ist ein Erbstück, aber wir haben keine weitere Verwendung dafür. Er MUSS in den Keller. Oder meinen Sie, wir stellen ihn auf den Sperrmüll? Meine Mutter würde sich im Grabe umdrehen!«, klang es nach oben.
Dann kam Benjamin wieder und wackelte mit einer orangen Plastikdose. »Hier meine Pillen«, grinste er und noch bevor ich das Etikett lesen konnte, war die Dose in seiner Hosentasche verschwunden. Mir fiel etwas ein, was ich vor einigen Wochen bei Doktor Beier im Wartezimmer mitbekommen hatte. »Wie lange haste denn schon Diabetes?«, wollte ich wissen. »Ach, mein ganzes Leben schon«, sprach Benjamin und rollte mit den Augen. »Das ist so nervig. Ständig muss man diese Dinger fressen, damit das mit dem Blutzucker hinhaut. Lass uns lieber von was anderem reden. Was hast 'n heute schon gemacht, Süße?«

28.

»Hey. Ich halt's langsam nicht mehr aus ohne dich. Wir müssen uns unbedingt wieder mehr sehen, Schatz! Ich hoff dass es heute noch klappt.
Lieb und vermiss dich ganz doll :* sz«,

schrieb ich Benjamin, am warmen Nachmittag des 24. Julis. Es war Mittwoch und auch diese Woche hatte ich ihn noch nicht zu Gesicht bekommen.
Meine Anlage musste nur noch ausschließlich traurige CDs und Lieder abspielen. Und ich lag wie schon die Tage davor stundenlang im Bett, bemitleidete mich selbst und sang leise mit. Auf meiner Decke lag eine Packung Kleenex und im Papierkorb häuften sich die nass geweinten Taschentücher.
Brian Molko guckte mich, mit dem gleichen Blick wie immer, vom Poster an der Wand an. Nichts und niemand in meiner Umgebung wollte mir Trost spenden. Noch dazu drängte meine Mutter immer mehr damit, mich in ein Ferienlager nach Holland abzuschieben.
Überhaupt war sie in der letzten Zeit ziemlich gereizt, und ich hatte keine Chance, sie von irgendwelchen Dingen zu überzeugen, die ich für richtig hielt. Ständig hieß es »Nein Marla, das geht so nicht!« oder »So geht das nicht weiter!« und wenn ich ihr den Rücken zugedreht hatte, konnte man sie über die Pubertät meckern hören. Dabei wusste ich gar nicht, was ich falsch machte und was ihr plötzlich nicht mehr an mir passte.
Mein Vater hielt sich wie gewohnt raus und saß lieber, wenn er von der Arbeit kam, mit Bier vor dem Fernseher und stimmte meiner Mutter zu, wenn er gar nicht drum herumkam.
All das machte mich verrückt. Aber das schlimmste war das ich nicht wusste, was mit Benjamin nicht stimmte. Über dieses Thema zerbrach ich mir, die meisten Stunden am Tag, den Kopf. Mein Verdacht hatte sich so gut

wie bestätigt, dass er mich anlog, wenn er erzählte, dass er Diabetes hatte. Doch was war es dann, was ihn von mir fern hielt und jeden Tag in die Stadt schliff?
Am Montagmorgen war ich gleich nach Öffnung in Frau Hinnings Blumenladen gestürmt und hatte sie gebeten, kurz ihr Internet benutzen zu dürfen. Vollkommen überrascht über so frühe Kundschaft hatte sie eingewilligt und ein wenig später stieß ich auf einen Artikel, der im groben das widerspiegelte, was ich meinte bei Doktor Beier gehört zu haben. *»Vor allem in der frühen Phase des Typ-2-Diabetes werden Tabletten mit Erfolg eingesetzt. Nach einer gewissen Zeit wirken Tabletten jedoch häufig nicht mehr. Dann muss eine Insulinbehandlung erfolgen.«* Den letzten Zweifel wollte ich heute in der Apotheke auslöschen und danach dann bei Benjamin vorbeischauen.
Mittlerweile war ich soweit, dass ich annahm dass er vielleicht gar nicht in die Stadt fahren würde, wenn er mir dies erzählte. All diese Gedanken quälten mich in jeder erdenklichen Form.
»Was war, wenn ich Benjamin Unrecht tat?« Ich hatte so ein schlechtes Gewissen, dass ich nicht mal meinem Tagebuch, später am Tag, von meinen Befürchtungen und Recherchen berichtete.
Ich hätte es mir auch ganz einfach machen und meine Mutter fragen können. Doch diese hätte natürlich gleich mitbekommen, um wen es ging, und sich in ihrer Überzeugung bestärkt gefühlt, Benjamin wäre nicht der Richtige für mich. Und dann wäre es zu Hause noch anstrengender geworden und darauf konnte ich zu der Zeit wirklich gut verzichten.

Ich drückte die schwere Tür der Stadtapotheke auf und sofort umströmte mich der Geruch von Hustenbonbons und anderen Kräuterextrakten. Wände und Regale waren typisch in Weiß gehalten und ein Plakat an der

Wand machte auf die neue Ausgabe der Apotheken-Umschau aufmerksam.
Herr Ossmann stand wie wohl schon seit 50 Jahren am Verkaufstresen. Früher hatte er mir immer Bonbons geschenkt und gesagt dass er mein Lächeln hübsch fand. Er musste schon 75 Jahre alt sein, doch nachdem seine Frau verstorben war, war die Arbeit hier das Einzige, was ihm blieb.
Er war eine der guten Seelen, die mir Westvill immer noch sympathisch machten, auch wenn ich später auf jeden Fall in die Stadt ziehen wollte. Mittlerweile litt er jedoch an so ziemlich allen Dingen, die einem im Alter zu schaffen machen.
»Oh, die kleine Maria«, begrüßte er mich mit zitternder Stimme. Sein Gesicht war eingefallen und unzählige Altersflecken schmückten seine Glatze.
Fast hätte ich laut losgelacht, riss mich aber zusammen und berichtigte ihn. »Marla, Herr Ossmann. Ich heiße Marla«, lächelte ich ihm freundlich zu. »Ach ja, natürlich. Hehe. Marla. Schön, dich mal wieder hier zu sehen. Du bist wirklich gewachsen seit deinem letzten Besuch.«
In Wirklichkeit war ich vor einem Monat das letzte Mal hier gewesen, um für meine Mutter Tabletten für einen ihrer Patienten zu holen. Und in meinen schwarzen *Hello Kitty* Ballerinas und meinem weißen Sommerkleid fühlte ich mich genauso klein wie sonst auch.
»Sagen Sie, haben Sie eigentlich auch diese orangen Pillendöschen?« »Nein, nein«, antwortete er. »Die gibt es nur direkt beim Arzt. Was möchtest du denn damit?«, fragte er neugierig. »Ach. Ähm, war nur so interessehalber. Und die kann man in keiner Apotheke kaufen? Auch nicht in der Stadt?«, hakte ich nach. Er schüttelte den Kopf, während er mit einem alten Geschirrtuch die Kasse polierte.
»Gibt es Tabletten gegen Diabetes in diesen Dosen?«, wollte ich nun gezielt wissen und mein Kopf konnte

kaum seine Antwort erwarten. »Nein, nein. Darin wird nur besondere, spezielle Medizin aufbewahrt. Morphine und andere starke Betäubungsmittel zum Beispiel. Vor fünf, sechs Jahren etwa, konnte man so etwas noch in Apotheken kaufen. Aber nachdem es immer häufiger zu Missbrauch kam... Fälschung der Rezepte, verstehst du, wurde ein Gesetz beschlossen, Medizin bestimmter Klassen nur noch direkt beim Arzt auszugeben.« »Ach-so. Okay, vielen Dank, danke«, sagte ich und stürmte aus der Apotheke. Mein Herz raste.
Nun war es sicher: Benjamin belog mich.

29.

Ich machte mich auf den Rückweg oder besser gesagt auf den Weg zu Benjamin.
Ich schwebte zwischen Wut und Enttäuschung und vor allem war ich auf seine Erklärung gespannt. Ich bog in seine Straße ein und sah, dass das Auto der Kaisers nicht vor dem Grundstück stand. Im Schatten, den die Weide auf den Weg warf, hatten sich ein paar braune Nacktschnecken zusammengefunden. Angeekelt balancierte ich zwischen ihnen durch und betrat dann anschließend das Grundstück durch das vordere Tor. Der Rasen war frisch gemäht und schon gleich sah der Vorgarten viel einladender aus.
Eine schwarze Katze, die sich oft auch in unserer Straße rumtrieb, spielte mit einem Schmetterling und verschwand kurze Zeit später hinter dem Haus. »Für Katzen gibt es keine Grenzen und festen Bezugspersonen, an die sie sich halten müssen«, dachte ich verträumt. Und als mir im nächsten Augenblick meine Mutter in den Sinn kam, wünschte ich mir genauso zu sein.
Ich klopfte, denn eine Klingel gab es noch nicht und wartete. Niemand öffnete.
»Hallo? Marla hier. Ist jemand zu Hause?«, rief ich in Richtung der Fenster rechts von mir. Ich klopfte erneut.
»Benjamin, bist du da?«
Niemand schien zu Hause zu sein. Sicher waren sie wieder in die Stadt gefahren.
»Aber vielleicht hörte er auch nur mit Kopfhörern Musik«, hoffte ich und machte mich auf den Weg zur anderen Hausseite.
Wenn er Steine an mein Fenster schmeißen durfte, hatte ich schließlich genauso das Recht dazu. Ich ging an den Wohnzimmerfenstern vorbei, doch bis auf die üblichen Kartons und Farbeimer war kein Familienmitglied zu sehen.

Als ich an der Ostseite des Haus ankam, nahm etwas mein Blick gefangen. Ich blieb stehen und sah fassungslos hinein. »Benjamin!«, schrie ich erneut, doch diesmal hysterisch und bekam am ganzen Körper Gänsehaut.
Ich schlug hilflos an die Scheibe, aber mein Freund, der blutverschmiert auf dem Küchentisch lag, rührte sich nicht.
»Benjamin, Benjamin. Oh Gott!«, rief ich und trommelte gegen das Glas, wie jemand, der in seinem Auto zu ertrinken drohte. Tränen liefen mein Gesicht runter.
Ein Teller lag zerbrochen auf dem Fußboden und einer der Keramiksplitter lag neben Benjamins linker Hand. Seine Handgelenke spuckten stoßweise Blut auf den Tisch, der den Massen nicht mehr standhielt und es auf den gefliesten Boden tropfen ließ. Ein Blutfluss lief das Holzbein herunter und malte eine große Pfütze neben die anderen kleinen, roten Seen.
Eine ausgebreitete Zeitung, vollkommen in Blut getränkt, lag unter Benjamin begraben. Er selbst sah kreidebleich aus und lag mit dem Kopf auf dem Tisch. Vollkommen bewegungslos. Seine blonden Haare waren ebenfalls blutverschmiert und im Schatten, den seine Arme in sein Gesicht warfen, konnte ich erkennen, das eins seiner Augen blau angeschwollen war.
Während ich nach Hilfe schrie, ging ich am Fenster auf und ab. Ich wollte sehen, ob sich seine Nasenflügel noch bewegten – sehen, ob er noch atmete. Doch wie ein viel zu kleines Bild, bei dem man darauf brannte noch mehr zu entdecken, obwohl das nicht möglich war, verspotteten mich die Fensterrahmen.
Jemand berührte mich an der Schulter. Ich fuhr geschockt zusammen und blickte in das Gesicht einer rothaarigen Frau. Meine Hilferufe verstummten. Es war Benjamins Mutter und hinter ihr erkannte ich seinen Vater und Doktor Beier, der einen Arztkoffer in der Hand hielt.

»Du gehst jetzt besser nach Hause, Mädchen«, sagte sein Vater schroff und stürmte in schnellem Schritt an mir vorbei zur Hintertür des Hauses. Doktor Beier nickte zustimmend und Frau Kaiser drückte mich so bestimmt vom Fenster weg, dass ich fast gestolpert wäre. »Du vergisst das hier, Marla«, sagte sie. Aber keinesfalls in einem netten oder beruhigenden Ton.
Über ihre Schulter konnte ich erkennen, dass Herr Kaiser und Doktor Beier in der Küche angekommen waren. Ich sah, wie er jegliche Dinge, die auf der Arbeitsplatte neben dem Tisch lagen, wegräumte und wie Benjamins Vater wild gestikulierte. Besteck und ein kleiner, weißer Karton fielen stumm zu Boden und somit aus meinem Blickfeld.
»Jetzt verschwinde endlich. Hau ab!«, schrie mich Frau Kaiser aufgebracht an, als sie sich aus Richtung Küche zurück zu mir drehte. Als sie ihre Hand hob, ich vermutete zum Schlag, lief ich so schnell ich konnte durch den Vorgarten, am grauen Passart von Doktor Beier vorbei und blieb erst am Ende der Straße schnaufend stehen.
»Was war da mit Benjamin passiert?«, hämmerte es in meinem Kopf.

Ich sprang die weiße Treppe in zwei Sätzen hoch und fingerte mit zittrigen Händen den Haustürschlüssel aus meiner Tasche. Ich hoffe, dass jemand zu Hause war, weil ich mich den Gedanken, die mein Verstand gerade versuchte zu verarbeiten, nicht allein gewachsen fühlte. Doch der Flur, in den ich kurz darauf trat, zeigte mir keine Anzeichen von meinen Eltern. Der hölzerne Kleiderständer neben der Kommode war, von meiner blauen Übergangsjacke abgesehen, leer und Schuhe waren auch keine zu sehen.
Nachdem ich mein Tagebuch von oben unter meinem Kopfkissen hervorgeholt hatte, ging ich ins Lesezimmer und setzte mich auf den alten Schaukelstuhl. Sah nach

draußen und überlegte, wie ich beginnen sollte. Mit irgendjemanden musste ich einfach darüber reden.
Ich nahm mir einen schwarzen Stift aus der Schale vom Tisch und begann zu schreiben.
Die Sätze waren so zusammenhangslos wie meine Gedanken in den letzten Minuten, und meine Tränen verschmierten den Eintrag zusehends.
Es klingelte. Ich legte den Stift weg, wischte mir das Gesicht an meinem Kleidzipfel trocken, nahm mein Tagebuch und lief in den Flur.
Herr Kaiser stand vor der Tür, verriet der Spion. Ich überlegte zuerst, ob ich aufmachen sollte, was ich dann einen Moment später tat. In der Hoffnung auf eine Erklärung für all das, was eben vorgefallen war.
Wie ein dunkler Angst einflößender Baum auf einem Hügel im Sommer stand er vor mir. Er trug einen langen, schwarzen Mantel. Hinter ihm glühte die tief stehende Sonne wie ein Feuerball, und er sah mich mit den blauen Augen an, die Benjamin von ihm geerbt hatte. Doch sein Sohn hatte mich nie so angestarrt, und obwohl er still in der Tür stand, trat ich verängstigt einen Schritt zurück.
Sein Gesicht sah mich mit einer Mischung aus Wut und Bestimmtheit an, als er sagte: »Marla. Das, was da vorhin passiert ist, musst du vergessen, verstanden?«
»Was ist mit Benjamin?«, fragte ich aufgebracht. »Hör zu! Vergiss Benjamin! Du hast ihn heute sowieso das letzte Mal gesehen.«
»Was?«, fragte ich geschockt.
»Du weißt nicht was mit ihm ist. Du hast keine Ahnung!«, antwortete er und seine Stimme wurde lauter und erregter. »Du vergisst ihn und diesen ganzen Tag. Du wirst mit niemandem darüber reden, hast du kapiert?« Ich konnte ihn nicht weiter anschauen und sah zum Boden. Suchte nach Worten – doch nichts schien in diese seltsame Situation zu passen.

Er griff nach meinen Handgelenken und mein Tagebuch fiel auf den Boden.

»Unser Junge ist krank und das geht niemanden außer uns etwas an!«, schrie er und seine Hände drückten fest an meinen Armen. Meine Augen wurden erneut nass und ich wollte ihn anflehen loszulassen. Doch meine Lippen blieben aus Angst verschlossen. Er bückte sich und ich sah eingetrocknetes Blut an den Enden seines weißen Hemds. Er hob das Tagebuch auf. »Und das hier werd ich mitnehmen! Es wäre besser für dich, nicht noch so etwas über meinen Sohn und unsere Familie anzufertigen!«

Er ließ meine Handgelenke los und trat ganz nah an mich heran. Er war um einiges größer als ich, und ich spürte seinen heißen Atem an meiner Stirn. »Kein Wort! KEIN WORT wirst du sagen!«, beschwor er mich ein letztes Mal, bevor er laut stampfend aus unserem Haus und von unserem Grundstück verschwand.

Und in diesem Augenblick schwor ich meinem Verstand, der genauso zitterte wie mein Körper, nie wieder über den Sommer mit Benjamin nachzudenken.

Ich schloss die Haustür, setzte mich auf die Holzdielen, lehnte mich schluchzend mit dem Rücken an und ließ mich von der Hilflosigkeit und den Tränen vollkommen überwältigen. An diesem Tag hatte ich meinen Benjamin für immer verloren.

30.

Stunden, Tage, Monate und Jahre vergingen. Ich begann zu vergessen, wie Benjamin lächelte und die Erinnerungen an die schönen Momente eines lange zurück liegenden Sommers verblassten zusehends.
Die Bilder, die wir, am Baum im Schutz der Weide, gemacht hatten, schlummerten in einem meiner Tagebücher. Fast verblichen war die Erinnerung, dass ich das Tagebuch aus eben dieser Zeit, nach dem Verschwinden der Kaisers, in einem alten Schrank im Keller ihres leer stehenden Hauses fand, als mich die Sehnsucht und Wissbegierde nach Benjamins Zustand in das vernagelte Haus getrieben hatten.
Mittlerweile tat all das nicht mehr weh, und das war auch gut so. Ich hatte neue Freunde gefunden, gleich noch im selben Sommer.
Um nicht noch mehr Stress mit meiner Mutter zu bekommen und mich abzulenken, willigte ich ein, in das Ferienlager zu fahren. Außerdem hatte meine Freundin Eira zugesagt, mich dorthin zu begleiten. Und schon schnell hatte ich in den Wochen dort mehr coole Leute getroffen, als in meinen ganzen 15 Jahren in Westvill. Auch meinen späteren Freund Marko lernte ich dort kennen. Und so waren meine folgenden Jahre viel aufregender als alles vor diesem Sommer. Ich traf mich viel mit meinen *Hollandbekanntschaften*, wie ich sie nannte, und ab und zu kamen sie mich über die Wochenenden besuchen.
Dann, an einem stinknormalen Julitag, der Sommer war gerade wieder einmal in voller Blüte, tauchte Benjamin wieder auf.

»Marla, Schatz«, flötete meine Mutter als sie am Tag ihrer Abreise in mein Zimmer kam. »Ein Brief für dich.« Ich sah vom Bett auf, nahm meine Kopfhörer ab und stoppte die CD. »Oh, der wird von Marko sein, er wollte

mir schreiben, ob es mit seinem Auslandsjahr geklappt hat und-«, sagte ich aufgeregt. »Nein, ich glaub nicht, dass der von Marko ist«, wurde ich unterbrochen. Ich schaute sie mit großen Augen an.
»Und warum?«, wollte ich wissen. »Den hat irgendwer unter der Tür durchgeschoben. Ist auch keine Briefmarke drauf.«
Ich schnappte den Brief aus ihrer Hand und begann extra langsam den Umschlag aufzumachen. Meine Mutter hatte den Wink nicht verstanden und stand immer noch neben meinem Bett. »Mutti, hast du nicht noch etwas anderes zu tun?«, fragte ich genervt. »Ach, Mensch«, lachte sie. »Gönn deiner Mutter doch auch mal ein bisschen Spaß.« »Jaja, auf meine Kosten. Du musst Papa halt öfter Mal den Fernseher ausmachen«, sagte ich augenrollend.
»Du weißt doch, wie er ist. Nach der Arbeit ist er nicht mehr zu gebrauchen und heute Abend fahren wir ja auch wieder für zwei Wochen ins Schilangebirge. Aber... ach, mir fehlt das Radfahren einfach so.« »Dann fang doch wieder an«, sagte ich ungeduldig, mit dem halb geöffneten Brief in meiner Hand.
»Das kann ich jetzt echt nicht machen, Marla. Und das weißt du genau«, entgegnete sie verärgert. Peinliche Stille herrschte, dann sagte sie betrübt: »Ich hab's Sue versprochen und ohne sie ist's auch einfach nicht das Gleiche.« »Aber sie ist doch noch im Krankenhaus. Wer weiß, was -«, begann ich. Doch meine Mutter unterbrach mich erneut: »Sie wurde heute entlassen – im Rollstuhl.« Sie schluckte und ihre Augen wurden feucht. »Und es ist endgültig, hat mir Doktor Schäfer gesagt. Sie wird nie wieder laufen können.« Ich hasste es, meine Mutter so traurig zu sehen.
Unser Verhältnis hatte sich im letzten Jahr, nach dem Tod meiner Oma, zugleich unserem letzten nahen Verwandten, gebessert. Es war ihre Mutter und Geschwis-

ter hatte sie keine, ebenso wie mein Vater, dessen Eltern schon früh gestorben waren. Vielleicht war ihr in Anbetracht der spärlichen Teilnehmerzahl bei der Abschiednahme klar geworden, wie traurig es ist, am Ende seines Lebens so gut wie niemanden mehr zu haben, der einem die letzte Ehre erwies. »Wir Porz-Frauen müssen doch zusammenhalten«, hatte sie mir nach der Beerdigung, wir beide trugen noch Schwarz, zugeflüstert und sich anschließend entschuldigt, ihren Arbeitsstress viel zu oft an mir ausgelassen zu haben. Seitdem wurde es von Tag zu Tag besser.
Ich legte meinen Arm um Mama und ein paar Minuten später verließ sie schluchzend mein Zimmer.
Nun war der mittlerweile schon vollkommen zerknitterte Brief an der Reihe. »Endlich«, dachte ich und zog das gelbliche Blatt aus dem Umschlag.

»Ich will dich wiedersehen.
Wie im Juli.
Auf dem alten Spielplatz heute Abend.
21 Uhr.
Ich hoffe du kommst.
- dein Benjamin«

Ungläubig las ich den Brief noch einmal. Dort stand wirklich *Benjamin*, da stand wirklich *heute*. Ich konnte es nicht fassen. Mein Bett fing mich sanft auf, als ich mich geschockt zurückfallen ließ.
Tausende Gedanken redeten in meinem Kopf durcheinander. So dass ich am liebsten »Ruhe!« geschrien hätte. Ich hatte bisher angenommen, dass ich ihn nie wieder sehen würde. Als er gerade fort war, redete ich mir sogar ein, dass er gestorben sei, weil ich es nicht ertragen konnte, nicht mehr mit ihm zusammen sein zu können, obwohl wir beide es wollten.

Das alles lag sicher Jahre zurück, doch in diesem Augenblick, den Brief immer noch in den Händen, kamen all diese Gedanken und durchweinten Nächte wieder. Er lebte also, er hatte mich über all die Jahre nicht vergessen, er war hierher gekommen, um mich wieder zu sehen...*tropf, tropf.*
Tränen perlten meine Wangen herunter und wurden stetig von meinem Kopfkissen aufgesaugt, als wollte es mir sagen: »Vergiss den alten Schmerz, lass die Vergangenheit ruhen und geh dort heute um deiner selbst willen nicht hin.« Doch als ich die Zeilen zum x-ten Mal las, entschied ich mich gegen diese Stimme der Vernunft. Jetzt, im Nachhinein wünschte ich mir, auf sie gehört zu haben.

31.

Es war zehn vor neun und ich verließ unser Grundstück. Meine Eltern waren schon vor einigen Stunden zu ihrem Urlaubstrip aufgebrochen. Eigentlich hatten sie diesen Sommer vorgehabt zur Abwechslung mal ein anderes Ziel zu bereisen, doch als sie sich dann entscheiden mussten, wählten sie wieder die gleiche Hütte, die sie auch schon die drei Sommer zuvor beansprucht hatten.

Die untergehende Sonne hatte ein orangenes Band um den Westviller Horizont gezogen. Im Osten schien es hinter den Bergen, die unser Dorf von den Blicken der Stadt abschirmte, dünner zu werden. Wie helle, verheilte Narben zeichneten zwei winzige Flugzeuge in der Ferne ihre Linien an den Himmel.
Die Vögel sangen ehrfürchtig vor dieser beeindruckenden Kulisse und ich dachte schaudernd an das bedrückende Bild des Spielplatzes, das mir vor drei Jahren einen wunderschönen Abend beschert hatte. Wie auch alle anderen Dinge, die mit Benjamin zu tun hatten, hatte ich diesen Ort seit jeher gemieden.
Mein Herz zersprang fast vor der Aufregung, ihn gleich wiederzusehen. »Wie er jetzt wohl aussehen würde? Würde er mir erzählen, was mit ihm an diesem schrecklichen Tag, als ich ihn das letzte Mal sah, geschehen war?«
Nur für Benjamin hatte ich die Perlenkette, die er mir damals auf Crest Island schenkte, aus den Tiefen meines Schranks herausgesucht und umgelegt. Sie schmiegte sich so vertraut an meinen Hals, wie im lange vergangenen Sommer, als er und ich noch ein Paar waren und ich hoffte, dass er sich darüber freuen würde, sie an mir zu erblicken.
Gedankenverloren bog ich in die lange Straße ein, an deren Ende sich in noch einiger Entfernung der Spielplatz befand. Ich war heute extra einen anderen Weg

als sonst gegangen, wollte ich Benjamin doch nicht schon vorher über den Weg laufen. Zum einen hatte ich irgendwie Angst vor dem gleich bevorstehenden Treffen, und zum andern wusste ich, wie gerne er Dinge inszenierte – zu mindestens hatte er das damals getan. Mir schien, als ob sich immer mehr Wolken am Himmel auftürmten, je näher ich meinem Exfreund kam und je weiter die Sonne verschwand.

Die Straße, die in einer Sackgasse mündete, nämlich dort, wo der Spielplatz lag, war genau betrachtet nicht mehr als ein Feldweg. An beiden Seiten waren kleine Gräben, die hin und wieder von kleineren Büschen, Unkrautarmeen oder einfach vom wild wachsenden Gras besetzt wurden. Ich sah die ersten Ausläufer des Waldes in der Ferne und mein Verstand sagte mir nun, dass ich bald ankommen würde. Es war der gleiche tiefe Wald, der auch Benjamins Haus und die ganze Nördliche Seite Westvills am Atmen hinderte. Ich kam dichter.

Benjamins Silhouette tauchte auf einer der langsam hin und her pendelnden Schaukeln auf. Sein Kopf drehte sich in meine Richtung. Als er mich erblickte, sprang er auf und kam mir entgegen.

Die Schatten, den die Bäume auf ihn warfen, ließen von seinem Körper ab, so als lägen sie nur auf dem Spielplatz und endeten an den kleinen Holzpfählen.

Ich bekam ein flaues Gefühl im Bauch, als wir uns immer dichter kamen. Er war größer geworden, seine Haare waren immer noch blond, aber lange nicht mehr so kurz wie früher. Außerdem sahen sie zerzaust und tagelang nicht mehr gewaschen aus.

»Marla!«, strahlte er mich an. Seine Stimme klang tiefer, als ich sie in Erinnerung hatte, aber ich konnte mich auch täuschen. Er trug keine Zahnspange mehr, was seinem Lächeln eine ganz andere Note verlieh. »Ich kann's gar nicht glauben. D-du siehst toll aus«, sagte er, legte seine Arme um meine Taille und versuchte

mich zu küssen. Ich drückte ihn erschrocken weg. »Benjamin, nein. Warte...«, sagte ich baff.
Und wieder kam in mir der Gedanke auf, mit meinem Erscheinen einen Fehler begangen zu haben.
Seine Augen starrten mich an. Ich sah, jetzt da ich direkt vor ihm stand, dass er ziemlich geschafft und müde aussah. Bartstoppeln und Augenringe waren nur weitere Anzeichen dafür. »Wie jetzt?«, sagte er verwirrt und sein Kopf zuckte unkontrolliert. »Hast du dich nicht auf mich gefreut, Marla?« »Doch, doch. Aber wir können uns doch nicht gleich küssen... Benjamin wir haben uns eine Ewigkeit nicht mehr gesehen.«
Er sah mich an, als wenn ich hinter einer getönten Scheibe stand, und er versuchte etwas zu erkennen. Ich bekam einen ersten Anflug von Angst, als er sein Gesicht nach links und rechts bewegend vor mir stand – seine Augen fest auf mich fixiert.
»Was ist los mit dir, Marla?«, fragte er und betonte meinen Namen überdramatisch. »Ich bin's doch – dein Benjamin.« Er sprach viel zu laut, dafür, dass ich ihm gegenüber stand. Wieder zuckte er. Diesmal am ganzen Körper. Ich wusste nicht, wie ich damit umgehen sollte. Zwischen dem Augenblick, als ich ihn auf der Schaukel sitzen sah und dem, wo er mich begrüßt hatte, lag höchstens eine Minute. Aber genau diese hatte mich wie mit einem Faustschlag überzeugt, dass diese Person vor mir nicht der Benjamin war, den ich kennen gelernt hatte. Er war ein gruseliger Schatten seiner selbst. Und die ganze Situation schien mehr und mehr aus dem Ruder zu laufen.
»Weißte, die letzten Jahre waren ziemlich hart...«, begann er zu erzählen. »Die haben so alle möglichen Tabletten und Methoden an mir ausprobiert.« Sein Mund bewegte sich unnatürlich zu den Worten, die er sprach. »Wegen deiner Diabetes?«, fragte ich und versuchte Fassung zu bewahren, doch mein Unterkiefer zitterte. Er lachte hoch.

»Ach Marla. Nein, nein. Keine Diabetes. Hatte ich nie. Echt nicht.« Er zog seine Nase hoch und wischte sich nervös mit der Hand durch das Gesicht. »Tut mir echt Leid. Weißte, ich hatte *das* damals noch besser unter Kontrolle, da konnte ich das noch erzählen. Aber's wurd' immer schlimmer, Marla.« Wieder sprach er meinen Namen wie ein besonderes Fremdwort aus. Er strich sich durch die fettigen Haare. »...Ist nicht so einfach, das alles in eine Reihe zu kriegen«, sprach er mit matter Stimme weiter, die immer wieder die Lautstärke wechselte.
»Mein Kopf, weißt du... Is nicht so, dass er kaputt wäre...« Er sah sich um. »Lass uns mal hinsetzen. Ich kann besser nachdenken, wenn ich sitze.« Er lachte kurz und wurde dann sofort wieder ernst.
Es tat mir weh, ihn so zu sehen und gleichzeitig wollte ich nur weg von ihm. Er schien vollkommen durch den Wind und unberechenbar zu sein.
»Sicher, dass du mich nicht küssen willst?«, fragte er und es klang schon fast sarkastisch. Wir setsen uns auf die Schaukeln. »Nein Benjamin. Nein... erzähl mir doch erstmal, was dir passiert ist. Was hast du denn? Weißt du, ich hab mir so Sorgen gemacht, nach diesem Tag wo du blutend-« Er schnaufte verächtlich.
»Die letzten Jahre waren echt hart. Hab ich schon gesagt oder? ... Ich vergess oft Dinge, musste wissen.« Wieder gluckste er. »Ich hab so Stimmen im Kopf. Das geht schon immer so. Mum hatte gehofft, das es hier besser werden würde. Also, als wir hierher gezogen sind. *Westvill ist ja so ein ruhiger Ort. Ein Tapetenwechsel tut dir bestimmt gut.*« Er ahmte die Stimme seiner Mutter nach, wie er es damals schon getan hatte. Doch heute klang es nur beängstigend.
»Nichts wurde besser. Nichts!«, schrie er. »Dann hab ich dich kennen gelernt. Wie ein schöner Ton zwischen den ganzen Scheiß-Stimmen, die mir bei meinen Gedanken dazwischenreden. Es wurde besser, das hab ich

gefühlt.« Seine Hände fuhren die Stahlketten der Schaukel hektisch auf und ab. Als würde er Angst haben, dass sie von einem zum anderen Moment verschwinden und ihn fallen lassen würden.
»Benjamin. Bist du schizophren?«, fragte ich, meinen ganzen Mut zusammen genommen und hoffte, dass es ihn nicht ausflippen ließ. »Nenn's, wie du willst«, sagte er apathisch. »Wo war ich...?« »Es ist besser geworden...«, half ich. Er blickte in den Himmel, der sich dem dunkelgrauen Licht des Abends hingab. Wieder zuckten seine Augenlieder. Dann schlug er sich knallend die Faust gegen den Kopf. Ich erschrak.
»Achja, achja. Es wurde alles besser. Das wurd' es nur durch dich, Marla. Und dann kamen wir zu diesem neuen Arzt. Doktor Mai. Mai wie der Monat. Hehe. Der hat sich die Befunde von Doktor Fischer gar nicht erst angesehen! Hat solche scheiß Psychotests gemacht und mir Fragen gestellt, die ich schon eine Million Mal zuvor beantwortet hab'. Was soll das? *Was soll das*, hab' ich gefragt. Und er meinte *Solch einen schlimmen Fall hab ich in diesem Alter noch nie zuvor gesehen*. Weißte, er hat keine Ahnung gehabt, wie es vorher war. Und er hat mir neue Medizin verschrieben. Die höchste Dosis oder irgend so 'n Scheiß hat er meiner Mutter erzählt. Dabei wurde es doch besser! Die Stimmen wurden leiser und so. Und wenn ich mit dir zusammen war, waren sie so gut wie still. Das war das erste Mal.... weißte?
Als wenn mein kranker scheiß Verstand mir mal was gönnt. Ich hab mich geweigert, diese R-17-Dinger zu schlucken, aber meine Mutter hat 'n Riesentheater gemacht. Ich wollte mich einigen. Hab gesagt *Ja Mutti, ich nehm die alten Pillen weiter, aber ich will den neuen Scheiß nicht*. Aber sie meinte *Der Arzt wird schon wissen*. Wir haben ewig diskutiert. Und dann hat sie irgendwann eingewilligt. Weißte, sie hat's mir versprochen. Aber schon am nächsten Morgen, nach dem Ein-

nehmen, hab ich gemerkt, dass Sie die Pillen gegen die neuen ausgetauscht hatte. So eine scheiß Fotze! Sie hatte es versprochen! Sie hatte es verdammt noch mal versprochen!«
Seine Stimme war während seiner Ausführungen immer lauter und brüchiger geworden. Die letzten Sätze schrie er heiser in den Abendhimmel.
Eine Schar Krähen flogen aufgeschreckt aus einem der Bäume, der nun ziemlich kahl und vertrocknet aussah. Ich fühlte mich immer unwohler, doch Mitleid und Neugier hielten mich gefangen.
»Dann wurde es schlimmer. Haste ja gemerkt. Ich hab deine SMS bekommen. Du hast mich vermisst. Hast du doch oder?« Ich nickte.
Er fuhr fort. Seine Augen blitzten wie Begrenzungspfähle bei Scheinwerferlicht in der dunkelsten Nacht. In den Momenten, in denen Wut seine Verwirrtheit ablöste, sahen sie aus wie die Augen seines Vater an dem Tag, an dem er mich in unserem Hausflur bedroht hatte.
»Die neuen Pillen waren wie ein verdammter Lautsprecher für die Stimmen in meinem Kopf. Ich konnte mich selbst nicht mehr hören – zwei, drei Stunden nach der Einnahme. Ich konnte nachts nicht mehr schlafen. Sie hielten mich wach – Oh Marla, du weißt ja nicht, was sie gesagt haben... *Bring Sie um! Zertrete ihre scheiß Eingeweide, auf dem Boden, den sie so verflucht anbeten.* Und dass du mich nicht liebst. *Sie ist doch nicht verliebt in dich. Niemand kann einen Psycho wie dich lieben. NIEMAND!*«
Benjamin lachte geisteskrank, während seine Stimme von Weinanfällen niedergekämpft wurde. »Aber ich wollte das nicht. Ich hab immer versucht sie sehen zu lassen, wie meine Mutter war, als es noch nicht so schlimm war mit mir. Ich sollte meine Mutter töten. Das war es, was sie wollten. Weißt du, ich saß mal mit ihr in meinem Zimmer. Damals noch in Greenwood. Sie hatten mich von der Schule geschmissen. Meinten, ich hät-

te einen Lehrer angegriffen. Ich schwöre, das war ich nicht. Aber wer glaubt schon einem Verrückten, oder? Mum saß neben mir. Sie hatte ihren Arm um mich gelegt. Sie hatte Tränen in den Augen. Es tat mir so weh. Es tat so verdammt weh. Ich wollte sie nicht so traurig machen. Aber ich tat es! Und ich hab gesagt *Mama es tut mir Leid, das dein Junge ein Psycho ist. Du hast einen besseren Sohn verdient.* Und sie hat geweint, hat gesagt *Aber ich will doch gar keinen anderen Sohn. Ich liebe dich, mein Schatz.*« Er schluchzte und kämpfte mit sich selbst.
Meine Augen füllten sich ebenfalls mit einer salzigen Flüssigkeit. Das alles kam mir wie ein Alptraum vor. Benjamin tat mir so leid. Was hatte er nicht schon alles durchmachen müssen?
Ich sah auf meine Füße. Beschämt, weil ich nicht wusste, was ich sagen sollte. Plötzlich zuckte Benjamin am ganzen Körper zusammen und fiel fast von der Schaukel. Seine Hand traf mich hart, beim Versuch sein Gleichgewicht zu halten, im Gesicht. Ein höllischer Schmerz schlug direkt in mein Gehirn ein.
»Scheiße!«, fluchte er ein dutzend Mal, wie ein Verrückter in den Tag, der sich langsam der Nacht ergab.
Im nächsten Augenblick, war er wieder vollkommen gefasst, sah mich an und sagte leise: »Tut mir Leid. Hab diese Krämpfe ab und zu. Kommt von der Medizin.«
Er stand auf und ich hörte den Sand unter seinen Turnschuhen knirschen und die Schaukel ein unheimliches Lied quietschen.
Die einkehrende Dunkelheit ließ die alten Spielgeräte wie leblose Zuschauer wirken und aus dem Wald knackte und rauschte es bedrohlich.
»Wie komm ich bloß aus dieser Sache raus? «, fragte ich mich voller Angst. Bisher war ich gut davon gekommen. Aber Benjamin wurde immer zerfahrener. Aus meinen Gedanken auftauchend, sah ich plötzlich sein Gesicht vor meinem. Er sprach zu mir, aber es klang,

als rede er mit einem Hund oder einem kleinen Kind. Die Ketten, die ich umklammerte als hinge mein Leben davon ab, waren feucht vom Angstschweiß meiner Hände. Ich wollte nicht mehr Teil in dieser Geschichte sein. Ich wollte nach Hause. Ich wollte weg von hier und von ihm. Egal, wie leid er mir eigentlich tat.
»Hab dir da weh getan«, sagte er und strich mir über meine schmerzende Wange. In dem Moment, in dem er mich berührte, gefror mein Puls. »Hör bitte auf damit «, flehte mein Kopf. »Wollt ich echt nicht, Marla.«
»Hör bitte auf«, drang meine Stimme endlich aus meinem trockenen Mund. »Wie *hör auf*?«, fragte er böse. »Marla, liebst du mich nicht mehr?«
Ich schaute ihn an. Wie er mit Augen und Schultern zuckend vor mir stand. Mit vollkommen verwirrten von schweren Medikamenten gezeichneten Gesichtsausdruck. »Es ist egal, was du jetzt sagst «, dachte ich. Er wird ausflippen. Es ist egal Marla, es ist... »Nein. Du, du bist nicht mehr der Benjamin, den ich geliebt habe. Und es ist einfach viel zu lange her«, sagte eine Stimme aus mir, die viel mutiger klang als ich es jemals in dieser Situation von mir erwartet hätte.
Ich sah immer wieder kurz zu ihm hoch. Konnte ihm einfach nicht lange in die Augen sehen. Konnte nicht deuten, was sie aussagen wollten. Es war, als wechselte die Person, in der Hülle die Benjamins Körper war, mit jedem Augenzwinkern. Wurde zu einer anderen. Zu etwas Bösem.
Benjamin brüllte auf mich ein, so dass selbst der angrenzende Wald inne hielt. »Was ist dein scheiß Problem, Marla? Ich hab das alles für dich durchgestanden! Weißt du, wie's ist? Elektroschocks, Psychospielchen und Medikamente, die dich an andere Orte bringen! Orte, an denen nur ein Gedankenstrang in deinem Kopf ist. Und im nächsten Atemzug schreien dir tausend Menschen mit deiner eigenen Stimme in die Ohren. Sa-

gen dir Sachen, die du dir nie trauen würdest auch nur zu denken. WEIßT DU WIE DAS IST?!«
»Nein. Nein weiß ich nicht«, wimmerte ich und hatte mich mittlerweile so klein wie möglich auf meiner Schaukel gemacht. Benjamin schien mich gar nicht wahrzunehmen und schrie weiter.
»Marla, drei verfickte Jahre! Drei Jahre hab ich das ertragen. Ich weiß nicht wie…. Ich…. Glaubste, die haben mich gehen lassen?« Wieder lachte er hoch. Diesmal klang es noch grausamer. Spucke blieb an seinem Kinn hängen. »Ich hab die scheiß Medizin wieder hoch gewürgt, sobald ich aus den Augen der Betreuer war. Und dann… als ich wieder einigermaßen klare Gedanken hatte… Sie haben gedacht, ich wäre betäubt und naiv, wie ein Lamm… Ein Lamm. Haha! Aber dann bei einem unser Ausgänge bin ich weg. Gut das Tobi einen seiner Anfälle bekommen hatte. Hab da meine Chance genutzt – verstehste das? Marla, verdammt! Hörst du zu?«
»Ja«, flehte ich.
»HÖRST DU MIR ZU, MARLA? Hörst du mir zu?« Er zerrte wie im Wahn an den Ketten meiner Schaukel.
»Ja!«, schrie ich etwas lauter.
Er ließ von den Metallseilen ab. Das Brett, auf dem ich saß, schaukelte unkontrolliert wie ein kleines Fischerboot auf einem tosenden, todbringenden Meer. Und keine Hilfe, kein Hafen war in Sicht.
Ich traute mich kaum die Augen zu schließen. Bei jedem Blinzeln fürchtete ich, er könnte mir etwas antun, weil ich ihm dann nicht meine volle Aufmerksamkeit schenkte. Ich hoffte, dass er mich gehen lassen würde, wenn ich alles über mich ergehen ließ. Und ich schwor mir, alles zu tun, um diese Nacht zu überleben.
Er fuhr fort. »Ich hatte all die Jahre dein Gesicht vor Augen. Dein Gesicht! Die Sonnenstrahlen, die auf der Crest Insel deine Nase berührt haben. Weißt du, dass ich mich kaum an irgendwas in meinen 19 Jahren Leben erinnern kann. Alles nur scheiß Bruchstücke! Und dann,

wenn ich an dich denke: Ist alles da. Wie ein Film. Alles vollständig. Nicht nur zerschnittene Fotos – alles Marla, alles! Jedes verdammte Wort von dir. Ich hab das nur wegen dir durchgestanden. Und du willst mir sagen, dass du mich nicht mehr liebst? Willst du mir DAS sagen?«
Ich schwieg.
»Marla, verdammt noch mal!« Er packte mich an den Schultern und schüttelte mich, als wollte er mir den Verstand aus dem Kopf rütteln.
»Was soll ich dir denn sagen? Es wäre doch eh gelogen«, schrie ich ihn weinend an. »Aber bitte Benjamin, bitte tu mir nichts. Es tut mir wirkl-«
»Spar dir deine Scheiße! Weißt du... ich wollte den Stimmen in meinem Kopf nie Recht geben. NIEMALS! Selbst Doktor Mai hat gesagt *Kämpfen Sie solange dagegen an, wie Sie Kraft in sich spüren. Denn was sie sagen ist falsch, ist böse.* Aber weißt du was? Ich fange an ihnen zu glauben. Ich glaub, ich hab die ganze Zeit gegen die Falschen gekämpft! *Sie liebt dich nicht, sie liebt dich nicht*, sie liebt mich nicht, sie...« Er wiederholte den letzten Teil fast eine Minute lang und wechselte dabei stetig die Tonlagen, bis es in der sonst so stillen Nacht jegliche Bedeutung verlor.
Er schlug sich immer wieder gegen den Kopf, wenn sein Körper Anstalten machte zu zucken und seine Stimme zu unterbrechen. Nach einem der letzten Schläge lief Blut über sein rechtes Auge und tropfte vom Kinn auf seinen schwarzen Sweater, der mit der Nacht eins zu werden schien, wären nicht Benjamins wild gestikulierenden Hände und sein hin und her schwebender Kopf mit den wild verdrehten Augen ein heller Dorn in der Lunge der Dunkelheit.
Er wollte diesem traurigen Ort scheinbar noch heute Nacht eine passende Geschichte schreiben.
Ich begann nichts mehr zu fühlen, während er mich weiter anschrie. Ich spürte, wie mein Geist begann, sich

der aggressiven, durchgedrehten Version meiner Jugendliebe zum Fraß vorzuwerfen. Ich sah keine Chance. Keinen Ausweg. Rennen war aussichtslos. Ihm Gefühle vorzuspielen noch viel mehr.
Schreien, an diesem Ort? – Nutzlos.
»Jetzt steh endlich auf!«, brüllte er wohl schon zum zweiten, dritten oder vierten Mal. Und im nächsten Augenblick zog er aus der Dunkelheit hinter sich ein Messer mit einer Klinge, die so groß wie eine ausgebreitete Handfläche war. Es war gezackt und der Mond, der sich während seinen hektischen Gesten immer wieder kurz darauf spiegelte, lachte mich hämisch aus.
Ich begriff nicht, was er damit genau vorhatte, aber spürte, dass mein Leben, in diesem grausigen Szenario, in dieser viel zu warmen Nacht ein schreckliches Ende nehmen würde. Ich wollte aufspringen, landete aber vor der Schaukel mit den Knien im Sand. Im Fall sah ich etwas Glänzendes in Richtung meines Kopfes surren. Ich schloss die Augen und wartete auf den Schmerz.
Doch bis auf den kalten Sandboden, der sich um meine Beine formte, geschah nichts. »Nimm das Messer, Marla!«, befahl er laut und hielt es mir direkt vor die Nase. »Was hat er nur vor?«, dachte ich schweißgebadet. »Was soll ich tun?«
»Schneid dir die Kehle auf«, sagte er kalt. »Wenn du mich nicht mehr liebst, sollst du nicht weiter leben! Schneid dir die Kehle auf. Nun los! Komm schon. Dann ist wenigstens eine der verlogenen Stimmen hier still.«
Wieder hörte ich seine schrille Lache ertönen.
Apathisch nahm ich das Messer, spürte die eiskalte Klinge an meinem Hals und drückte sie mit einer schnellen Bewegung eine Handbreite unter meinem Kinn entlang. Warmes Blut spritzte auf Sand und Kleidung und lief wie ein junger Fluss aus einer neugeborenen Quelle meinen Hals hinunter. Mein Kopf war gedankenleer, doch ich wusste dass ich in dieser Nacht keine Angst mehr haben brauchte.

Während ich kniend zusammensackte, hörte ich Benjamins Stimme erneut. »Nimm das Messer, Marla!« Ich öffnete die Augen. Spürte den kalten, feuchten Sand an meiner Wange. »Jetzt steh verdammt noch mal auf und nimm das Messer!«, rief er außer sich. Meine Hand tastete zitterig über meinen Hals. Er war trocken. Kein Blut. Ich war am Leben!
Ich musste fantasiert haben... Oder gewünscht?
Benjamins Hände packten mich grob und zogen mich der Länge nach in die Höhe. Gerade eben noch in toter Sicherheit und im nächsten Moment wieder mittendrin, in dieser grausamen Nacht, überschlugen sich meine Gedanken, als sie versuchten einen anderen Ausweg zu finden. »Was willst du Benjamin?«, brüllte ich ihn mit der letzten Kraft meiner Stimme an.
Meine Jeans und mein pinkes Top klebten klamm an meinem Körper.
»Weißt du noch?« Er ahmte eine hohe Stimme nach. *»Ich finde du solltest die erste Kerbe machen. Es war deine tolle Idee Schatz.«* Ich begriff nicht.
Er schubste mich zur Seite und deutete auf die Schaukel, auf der ich bis eben noch gesessen hatte. »Für jedes Treffen hier wollten wir 'ne Kerbe ins Holz machen. So war es doch, oder etwa nicht? ODER ETWA NICHT, MARLA? Wir sind doch zusammen hier, oder etwa nicht?« Wieder einmal streckte er mir das Messer hin. »Mach eine Kerbe. Schneid in das scheiß verfickte Holz!« Zitternd nahm ich das Messer.
Die Zeile des Gedichtes auf dem ausgemergelten Holzbrett schien wie ein schlechter Scherz in Anbetracht dessen, das sie vor genau drei Jahren als romantische Idee eines verliebten 16-Jährigen Jungen gedacht war.
Ich begann eine kleine Kerbe in das Holz zu schnitzen. »Das reicht, das reicht«, sagte er schroff. »Gib mir das Messer...«
Mein Herz pochte. »Das könnte meine Chance sein«, dachte ich. Und als er mir die geöffnete rechte Hand

hinhielt, holte ich aus und stach zu. Wie in Zeitlupe sah ich die Zacken des Messers sich durch seine Haut fressen, als sei sie aus Papier. Blutbäche folgten dem Schnitt meiner Rettung und ich schnitt bis zum Ellenbogen. Bis dahin war sein Pulloverärmel hochgekrempelt. Benjamin schrie wie am Spieß auf und fiel seinen Arm haltend zu Boden.
In dem Augenblick begriff ich, was ich getan hatte. Ich ließ die rote Klinge angeekelt in den Sand zu meinen Füßen fallen, stand auf und wollte loslaufen. Da riss mich Benjamin, schon wieder auf den Beinen, mit einem Satz um. »Das wirst du mir büßen, Marla. Das wirst du mir büßen!«, schrie er mit einer vollkommen anderen Stimme.
Ich versuchte mich zu befreien, ruderte mit meinen Armen nach irgendetwas Festen, an dem ich mich aus seiner Umklammerung befreien konnte, doch alles zerrann zwischen meinen Fingern.
Wieder erklang die fremde Stimme. »Ich werd mir jetzt holen, wozu dieser kleine Feigling nie im Stande gewesen wäre.« Voller Schrecken drehte ich mich um und sah, dass diese Stimme tatsächlich aus dem Mund von Benjamin kam. Seine Augen sahen mich verdreht an und seine Arme begannen an meiner Hose zu zerren. Es gab einen lauten *Ratsch* und ich spürte wie die Kälte der Nacht sich über meine warme nackte Haut legte.
Wieder *Ratsch*. Benjamins Blut tropfte auf meine freigelegten Beine. Seine Arme packten mich und er drehte mich von meiner Bauchlage auf den Rücken.
Er grinste wie ein Tier, als er mir mit der nächsten Bewegung mein Top samt Perlenkette von Halsausschnitt abwärts in zwei Teile zerriss. Ich strampelte, ich wehrte mich. Mein Kopf suchte verzweifelt nach dem Messer. Doch ich sah nur Benjamin, mit fremden zusammengekniffenen Augen, auf mir knien und wie er zum Schlag ausholte. Seine Faust traf mich hart an der rechten Wange. Der Schmerz raubte mir das Gehör. Ich sah ihn

wie einen Besessenen auf mir thronen. Sah ihn stumm auf mich einbrüllen, spürte wie er mir den BH vom Körper riss. Fühlte das warme Blut auf meinem Bauch und seine kalten Hände an meinen Brüsten.
Ich trommelte mit meinen Fäusten auf seinen schwarzen Pullover ein, als er begann sich gewaltsam an den Knöpfen meiner Hose zu schaffen zu machen.
Ich schrie mit meiner letzten Kraft nach Hilfe, auch wenn ich meine eigene Stimme nicht mehr wahrnehmen konnte. Ein zweiter Faustschlag folgte als Antwort. Er knallte wie ein ungebremster LKW gegen meine rechte Schläfe und mein Gehirn schaltete ab – fiel in einen tiefen Schlaf. Dann ein dritter Schlag, den ich schon mehr als Erlösung als als Schmerz empfand. Mein Kopf schlug hart im Sand auf, meine Augen fielen zu und das Letzte, was ich sah, war das Gerüst der alten Holzschaukel hinter dem freien blutverschmierten Oberkörper Benjamins, der immer noch auf mich einredete.

32.

An den nächsten Morgen und die folgenden Wochen kann ich mich nur noch bruchstückhaft erinnern.

Ich wachte auf. An meiner Wange klebte Sand. Ein tiefer Schmerz bohrte von tausenden Stellen in meinem Körper. Als wollte etwas gewaltsam durch meine Haut stoßen. Ich bemühte mich aufzustehen. Im nächsten Augenblick fand ich mich auf einem Sandweg wieder. Ich öffnete die Augen. Blätter standen in der Luft, als hätte man sie dort einfach fest geklebt.
Es wehte ein harter Wind. Doch nichts bewegte sich. Ich sah den Asphalt unter meinen Füßen vorbeirauschen. Doch meine Beine blieben still.
Eine vertraute Stimme fragte mich erschrocken: »Marla, Schatz, was machst du denn hier?«
Doch ich konnte niemanden erkennen. Und noch viel weniger wusste ich eine Antwort auf diese Frage.
Ich nahm alles wie durch wechselnde Filter wahr. Wie durch eine kaputte Kamera. Die Luft flimmerte an den Stellen, wo sich die Sonne durch die grau-weißen Bilder vor meinen Augen schnitt.
Plötzlich rote Farbe.
Zahlen bluteten und bebten auf einer grauen Betonmauer vor und zurück, als würde ein Herz hinter ihnen schlagen. Ein Junge mit blonden Haaren stand neben mir. Wie ganz Westvill schien er, mitten in einem normalen Moment, eingefroren zu sein. Sein Mund war zu einem Schrei geöffnet. Eine Zahnspange blitzte darin. Sein Arm war erhoben. Seine Lippen regten sich nicht und doch hörte ich ihn deutlich schreien.
»Zehnter Juli!«
Die Worte ergaben keinen Sinn, wie sie mit einem unendlichen Hall an mein Ohr drangen. Ich musterte ihn. Wer war er?
Mein Kopf dröhnte. Ich schloss die Augen.

»Du warst es selbst!«
Er lachte hoch.
Ich wollte fragen, was er meinte und was das hier alles zu bedeuten hatte. Doch als ich meine Augen wieder öffnete, schaute ich in ein Tagebuch.
Ich saß auf einem Bett.
Eine dicke Schneeschicht bedeckte meine Beine, doch ich verspürte keine Kälte. Vor mir weiße Blätter, die sich wie von Geisterhand füllten. Meine rechte Hand bemühte sich das Blatt zu halten und es knarrte, als würde man auf alten Holzdielen laufen.
Ein Stift erschien. Meine Hand begann die ersten, bereits geschriebenen Sätze vollkommen exakt nachzuschreiben, während sich der Text vom unsichtbaren Schreiber Zeile für Zeile eifrig gen Ende des Papiers kritzelte. Dort angekommen sah ich Buchstaben und Wörter schwach auf der anderen Seite des Buches durchschimmern. War dies meine Handschrift? Und wenn dem so wäre, was schrieb sie da?
Die Sätze wurden tödlich präzise und ohne Gedankenpausen geschrieben, doch wenn ich mich konzentrierte und versuchte sie zu entziffern, verschwamm der Eintrag, als würde man ihn in Tränen tränken.
Sand fiel sanft auf die geöffnete Tagebuchseite. Im nächsten Augenblick, wischte mir meine linke Hand über die Wange. Ich stand auf. Sah beim Zuklappen des Buches, dass die unsichtbare Person bereits die dritte Seite begann...
Ich lief auf den Flur, rannte die Treppe runter. Keinerlei Geräusche ertönten. Dann plötzlich drangen Töne an mein Ohr, als hätte ein Film seine Tonspur wiedergefunden. Stifte kratzten über Papier. Nur war es unerträglich laut. Zigfach verstärkt.
Was ich sah und hörte, passierte augenscheinlich zeitversetzt. Ich beobachtete meine nackten Füße und hielt mir die Ohren zu. Meine Füße waren blutverschmiert. Blutrot.

Alles andere wirkte immer noch wie hinter einem Spiegel, der seinem reflektierten Bild jegliche Farben stahl. Alles grau-weiß.
Eine Kiste klappte zu. Meine Hände räumten Eimer, Schaufeln und andere Dinge darauf. Ich wusste nicht warum und ich konnte mich auch nicht dagegen wehren.
Ich hörte ein Flüstern aus der Kiste. Plötzlich stieß eine ungreifbare Kraft, die eben aufgestellten Eimer und Schaufeln von der Box. Tonlos flogen sie durch den ganzen Schuppen. Der Deckel sprang auf. Das Flüstern wurde lauter. Mein Kopf schmerzte, als ich versuchte mich auf die Worte zu konzentrieren.
»Mein Gott Mädchen-chen-ch-chen, was ist mit dir passiert-siert-siert?«
Ich kniete mich vor die Kiste. Immer wieder wurden die Eimer vom bereits offenen stehenden Deckel weggestoßen. Meine Augen kniffen sich zusammen. Meine Ohren spitzten sich. Ich beugte mich näher an das Tagebuch heran.
»Mein Gott Mädchen-chen-chen«, hallte es lauter.
»Zehnter Juli«, schrie jemand schrill dazwischen.
»Weißt du etwa nicht mehr? Zehnter Juli! Zehnteeeer...«
»Was ist mit dir passiert-siert-siert?«
Ich hielt mir die Ohren zu. Doch die Stimmen schallten von den Knochen meines Schädels zurück. Wurden immer lauter. Tränen tropften.
Wieder hörte ich einen Stift wie verrückt auf etwas Weichem herumkrakeln.
Ich roch den Qualm von unzähligen, ausgelöschten Kerzen.
Die Stimmen ebbten langsam ab. Mein Arm fing an zu brennen. Ich öffnete die Augen wieder. Licht drang durch den weißen Himmel eines Bettes.
Wo war ich hier?
Etwas fiel knallend zu Boden.

Ich betrachtete die Haut meines Unterarms. Sie war voller blauer Farbe. Voll von unidentifizierbarem Gekritzel. Der schuldige Stift stieg mit einem Ruck neben dem Bett auf, ließ sich fallen, stieg wieder auf, fiel erneut zu Boden.
Hör auf, hör auf, hör bitte auf!
Wieder bohrte etwas im Inneren meines Bauches.
Mir wurde schwindelig.
Knall. Knall.
Der Stift flog quer durch das Zimmer und landete auf dem Fußboden vor einer dunkelroten Holztür. Einen Moment später flog das Tagebuch, das ich eben noch in der Kiste verstaut hatte, hinterher. Fassungslos starrte ich ihm nach.
Plötzlich schnellte mein Arm hoch in die Luft. Dann erneut. Die Handfläche war weit geöffnet, als hätte sie so eben etwas Heißes von sich gestoßen. Meine andere Hand krallte sich an etwas Kaltem, Metallischem fest. Ich fiel durch den Boden des Bettes in kalten Sand.
Jemand sprach mich an. Ein paar bekannte Augenpaare, die sich aufgeregt hin und her bewegten, betrachteten mich immer wieder verwirrt, verängstigt. Der Rest der Personen lag im Dunkeln.
»Wo bin ich?«, fragte ich erneut. Doch die Augen verschwanden wieder.
Es war Nacht. Ich sah das Licht einer Laterne von weitem milchig auf mein weißes Kleid scheinen. Ich wollte auf sie zulaufen, doch sie entfernte sich rasend schnell. So als ob ich... Meine Haare wehten. Mein Herz pochte laut. Wieder fiel ich. Schlug hart auf Beton auf...
Als ich wieder zu mir kam, hörte ich, wie eine Tür aufgeschlossen wurde. Ein kalter goldener Schlüssel lag in meiner Hand. Ich irrte eine Treppe hoch. Die Wand neben mir wechselte die Farbe von grau zu orange. Dann erhoben sich schwankend Pinsel und Quast, die sie wieder grau übermalte. »Niemand hält sie«, stellte ich emotionslos fest.

Die Farbe lief auf den braunen Holzfußboden und färbte ihn wie ein ausbrechender Fluss im Ton der restlichen Umgebung.
Der blonde Junge stand wieder neben mir.
Nein, er saß.
Nein, er hing!
Nein, er sprach...
Ich hielt eine orange Plastikdose in der Hand und es fühlte sich gut an.
Ich war gespannt, ob es klappen würde...
Während ich versuchte, seinen Mundbewegungen zu folgen, stahl eine leuchtende Blume auf seinem Fensterbrett meine Aufmerksamkeit. Ich wollte wissen, was für eine Pflanze das war.
Als ich mich umdrehte, konnte ich sein Gesicht nicht mehr erkennen. Seine Beine hingen in der Luft. Sein Gesicht lag über mir im Schatten.
Ich lachte.
Er war lustig. Ich mochte ihn. Er hatte etwas Besonderes.
Eine Türklingel schallte von unten durch das Haus. Mein Herz begann schneller zu schlagen. »Ich durfte nicht hier sein«, sagte mir mein Kopf. »Wenn sie dich hier erwischen, wird es schlimm für dich... Fahr wieder nach Hause. Nimm das Auto, mit dem er kam. Verschwinde von hier!«
Ich lief die Treppen abwärts. Die Stufen verschwammen unter meinen Füßen, wurden grün. Gras begann auf ihnen zu wachsen. Dichter, immer dichter.
Um mich herum wurden Türen zugeschlagen. Stimmen ertönten. Ich konnte nicht ausmachen aus welcher Richtung. Wie auf der Flucht rannte ich weiter, die endlose Treppe runter.
»Sie kommen näher, sie haben dich gleich. Lass sie dich nicht kriegen... Es sind doch deine Tagebücher! Es ist doch dein Werk.«

Meine Füße wurden nass. Ich presste mich an die weiße Wand des Treppenhauses. Sie fühlte sich kalt an.
Sie nannten meinen Namen. Ich konnte sie nicht sehen, doch sie mussten dicht bei mir stehen. Sicher sahen sie mich bereits. »Marla. Was machst du hier?«, sickerte es durch die Holzwand hinter meinem Rücken. Erschrocken machte ich einen Satz nach vorne. Arme versuchten mich zu packen. Keine Körper dazu. Nur Arme. Viele, viele starke Hände. Ich sah an mir herunter. Mein pinkes Oberteil wurde mir vom Körper gerissen. Es glitt langsam zu Boden, der wie ein schwarzes lauerndes Biest vor mir lag. Mit weißen Augen sah es mich an.
Mein verschüchterter Körper antwortete mit Gänsehaut, Angstschweiß, Tränen und Verzweiflung.
Hätte ich nur dieses Tagebuch dabei. Jetzt wäre ich bereit dazu, ihm zu sagen was mit mir passiert war.
Ein Windstoß wehte die weißen Blüten weg und das Monster war blind.
»Das ist deine Chance!«, schrie meine Stimme schwach, als trüge sie tausend schwere Ketten und ich rannte erneut ziellos in die Dunkelheit. Stöcke zerbrachen unter mir, schnitten mir in die Fußsohlen. »Nur noch ein Stück und du hast es geschafft. Es wird dich mit ihm vereinen. Du wirst schon sehen.«
»Marla, du würdest mich so glücklich machen...« Die grünen Augen tauchten wieder auf. »Soll ich es wirklich tun?«, fragte ich mich. Mondlicht hüllte die Lichtung, auf der ich mich befand, in ein fahles Licht.
Mitten über dem Moor schwebte das Fenster, welches ich schon vom Bett aus gesehen hatte. »Warum spiegelt es sich nicht wie der Mond im farblosen Schlamm?«
»*Du siehst es nur, wenn du weitergehst.*«
»Es ist eine Lilie«, fiel mir ein.
Natürlich!
Ich sah an den Augen vorbei, die sich wohl mit meinen verbinden wollten, so nah waren sie gekommen.

Ich unterhielt mich mit ihnen. Doch ich verstand nicht worum es ging. Ein lautes Rauschen wie ein alter Motor, nur tausendmal übereinander gelegt, hatte mein Trommelfell besetzt. Ich drehte meinen Kopf von ihren durchdringenden Blicken weg.
Neben mir schoss ein Baum wie eine Rakete aus dem Boden. Er wuchs so schnell wie ich noch nie etwas hatte entstehen sehen. Im Zeitraffer breiteten sich die Äste aus. Die Krone schien von hier unten den ganzen Wald unter sich zu bedecken. Ich sah mir die Rinde an. Sie war so hell erleuchtet, als wäre dies ein Sommernachmittag. Doch es war Nacht.
Aus der Haut des Baumes flogen seicht Späne auf den Waldboden. Ein Herz erschien.
Noch bevor ich die Initialen erkennen konnte, die anschließend eingeritzt wurden, lief Blut aus den Umrissen im Holz. Es wurde immer mehr. Ich wollte meine Hände drauf drücken, doch eine unsichtbare Kraft hielt mich zurück.
»*Das ist der Lauf der Dinge, Marla. Oder hast du vor in den Kreislauf des Lebens einzugreifen?*« Ein hohes Lachen ertönte.
»Sterbt nicht! Nein, stirb du nicht auch noch«, flehte ich. Der Baum verlor immer mehr Blut durch das Herz. Es lief in Strömen die knochige Rinde herunter.
Bitte, bitte nicht...
Der Baum wurde kleiner, je größer die Pfütze an seinem Stamm wurde. Er ging vor meinen Augen ein. Ging ein, so schnell wie er gewachsen war. Von einem zum anderen Moment. Bis er, als ein nur noch vertrockneter Stamm, vor mir umknickte und ins Moor fiel.
Ich wünschte ich hätte mit ihm aus diesem Alptraum fliehen können, als das Rauschen in meinen Ohren mit einem Knall verstummte.
Das Augenpaar flackerte wieder hell leuchtend vor mir auf. Sekundenbruchteile später war es wieder verschwunden. Plötzlich, ein Mund. Auch er verschwand.

Kehrte zurück. Eine Hand berührte die meine. Farben kamen zurück. Es war dunkel. Doch nicht mehr nur Schwarz. Dann wieder die Augen.
Ein befreiender Schmerz jagte wie ein Blitz in meinen Kopf. Ging es jetzt zu Ende mit mir?
Wieder starrte ich in die Leere. Dann plötzlich ein Gesicht, ein Körper. Durch die Löcher, wo die Augen hätten sein müssen, sah ich das Fenster über dem Moor verblassen.
Es durchfuhr mich wie ein weiterer Stromschlag auf dem Tisch eines Krankenhauses. Als holte man mich ins Leben zurück.
Grüne Ringe malten sich in die leeren Augenhöhlen vor mir.
Mit einem Surren begann die Zeit wieder in Echtzeit zu schlagen. Pupillen vervollständigten den Menschen vor mir. Eine ungekannte Wärme, eine überwältigende Sicherheit durchfloss mich. Ich kannte diese Person.
»Marko! Ich... bin so froh, dass du da bist«, rief ich in den schlafenden Wald.

Marko

33.

Marla endete. Sie hatte Tränen in den Augen.
»Es ist vorbei«, flüsterte ich ihr zu und drückte sie fester an mich. »Ich weiß«, schniefte sie und ihr zierlicher Körper bebte. Sie wischte sich mit dem Ärmel übers Gesicht.
Ich starrte auf den Blümchenbezug meines Bettes. Meine Augen waren sicher genauso gerötet wie die ihren.
»Ich freu mich jetzt erstmal darauf, meine Eltern wiederzusehen«, sagte sie mit einem gequälten Lächeln.
Mein Magen verkrampfte sich. Schon während Marlas Erzählung hatte ich gehofft, dass Frau Hinnings sie darauf vorbereitet hatte, dass es noch keine Spur von ihnen gab. Ich dachte nach. Und es musste schnell gehen. Wie konnte ich ihr am besten beibringen, dass sie niemand erwarten würde, wenn sie zu Hause die Tür aufschloss?
»Na gut, Marko«, sagte Marla und stand von meinem Bett auf. »Eigentlich sollte ich mich heute ja noch ausruhen, hat mir Doktor Beier verordnet. Ich werd mich wieder hinlegen und wir sehen uns dann morgen früh, okay?« Ich nickte ihr zu.
»Ach und danke. Für's Zuhören und dass du einfach da bist«, fügte sie hinzu und verließ winkend den Raum.

Mein Herz wog schwer in meinem angeschlagenen Körper, als ich mich, die Haustür suchend, durch den mintgrünen Flur stahl.
Als Marla heute Morgen quicklebendig in meinem Krankenzimmer erschienen war, war all die Last der letzten Monate von mir gefallen. Mein Verstand hatte mir zugeflüstert, dass dieses böse Märchen nun vorbei war.
Doch nichts war eigentlich vorbei.
Marlas Eltern waren immer noch verschwunden, und ich fragte mich, wie Marla mit dieser Tatsache klarkommen würde und ob es ihr überhaupt noch möglich war, wei-

ter in Westvill zu leben. Alles musste sie hier an die schrecklichen Dinge erinnern, die sie mir vor noch einer halben Stunde erzählt hatte. Und sicherlich musste sie ihre Geschichte auch noch mal der Polizei berichten. Schon heute hatte ich das Gefühl, dass es sie viel Kraft gekostet hatte, darüber zu reden. Nicht umsonst hatte ihr Kopf doch monatelang versucht, all diese Erinnerungen von ihr abzuschirmen. Fernzuhalten. Und das konnte ich gut verstehen.
Ich war schon froh, dass sie sich nicht mehr genau an den toten Benjamin erinnern konnte. Zwar hatte ich ihn nie kennen gelernt, aber dennoch geisterte das grausame Bild von seinem erhängten Leib immer noch viel zu real in meinem Kopf herum.
Ich erblickte die braune Ahorn-Haustür. Aus dem Wartezimmer schallten die Stimmen zweier scheinbar schwerhöriger Patienten. »Meine Schwester hatte genau dasselbe. Es kam von einem zum anderen Tag«, sagte eine alte Frau mitleidig. »Ja, meine Gute. Das liegt ja häufig in der Familie«, erwiderte die Stimme eines ebenfalls alten Mannes.
Ich blickte mich noch einmal um. Niemand war zu sehen. Leise schloss ich die Tür und betrat den Vorgarten von Doktor Beiers Haus.
Kurz nachdem Marla mein Zimmer verlassen hatte, beschloss ich durch Westvill zu spazieren. Wollte die Eindrücke, die ich heute bekommen hatte, wirken lassen. Darüber nachdenken, wie ich Marla in den nächsten Wochen beistehen konnte und vielleicht einen Einfall zu bekommen, wie ich mehr über ihre verschollenen Eltern in Erfahrung bringen könnte.
Ich ging am grauen Wagen des Doktors vorbei. Der frühe Abend spiegelte sich leicht auf der mit Kratzern versehenen Motorhaube. Getrockneter Vogelkot verzierte es noch weiter.
Sein Haus war das letzte im Hortensienweg. Ein weißes Schild begrüßte seine Patienten auf dem Grundstück

mit sorgfältig gepflegtem Rasen und penibel genau angelegtem Steinplattenweg.

»*Dr. Joseph Beier*
Allgemeinmediziner
Mo, Di, Do 8.00 – 12.00
14.00 – 19.00
Mi, Fr, Sa 9.00 – 12.00«

An der ersten Kreuzung blieb ich stehen. Ich lächelte einer Kindergartengruppe zu. Etwa zwölf Mädchen und Jungen mit neonfarbenen Jacken spazierten Hand in Hand lachend und kreischend an mir vorbei. Zwei ältere Damen folgten ihnen. Sie unterhielten sich über Zierblumen.
Ich entschloss mich den Park zu suchen, von dem Marla erzählt hatte. Ich war in meiner ganzen Zeit noch nicht einmal dort gewesen, aber laut dem Bild, was ich von Westvill im Kopf hatte, musste er sich irgendwo hinter dem Gemeindezentrum befinden. Und so schlug ich diesen Weg ein.

Der Herbst war nun in voller Blüte, wenn man das so sagen konnte. Braune Blätter tanzten raschelnd über den Boden des Marktplatzes. Ein Junge, etwa in meinem Alter, war damit beschäftigt, die letzten Plakate, die noch immer das schon gefeierte Dorffest ankündigten, von den Laternen zu nehmen.
Vereinzelt lagen noch Papierschlangen und Konfettireste in den Ritzen des grauen Sandsteinbodens. Auf einem der Wege, die zum Marktplatz führten, hatten Kinder mit Kreide Blumen, Sterne und eine Sonne gemalt.
Aus nahezu jedem Garten Westvills schlängelten sich Rauchwolken in den blauen, leicht bewölkten Himmel. Es war einer der Tage, an denen man die Gartenabfälle der letzten Wochen verbrennen durfte. Und davon gab es jetzt sicher viele. Wie eine Metapher verschwand das

Alte, Unnütze aus der Stadt. So als atme Westvill auf. Jetzt, da Marla wieder gesund zu werden schien.
Ich bekam eine Gänsehaut bei diesem Gedanken und setzte meinen Spaziergang fort.
Am Ende der Einkaufspassage, ich kam gerade an einem Geschäft für Brautmode vorbei, machte sich mein Handy in meiner hinteren Hosentasche bemerkbar. Bis es eben angefangen hatte zu vibrieren, hatte ich nicht den blassesten Schimmer gehabt, wo es überhaupt abgeblieben war. »Ja?«, fragte ich in den Hörer. »Hey man!«, begrüßte mich Patricks Stimme mit einem seiner typischen Sätze. »Ich hab gestern schon versucht. Ich will jetzt gar nix hören... Ich weiß, ich weiß. Tut mir echt Leid, man. Ich wollte so schnell es geht vorbeikommen. Is aber so, dass es Eira nicht so gut geht. Nix Ernstes, aber sie... Sag mal, wie geht's dir eigentlich? Und gibt's schon was Neues bei Marla?«
»Na du bist mir einer! Lässt mich hier alleine Sherlock spielen«, antwortete ich und setzte mich auf eine Bank. »Joar, Marla spricht seit ein paar Tagen wieder.« »Was? Was... das glaub ich ja nicht«, hörte ich ihn aufgeregt durch das Telefon kreischen. »Das ist ja der Hammer! Haste deine magischen Hände eingesetzt oder wie?« Er lachte. »Hehe ja, so kann man sagen. Ist echt 'ne riesenlange Geschichte.« »Warum hast du nicht gleich angerufen?« »Das sagt ja der Richtige«, zog ich ihn auf. »Sagen wir so *Es hat mich ausgeknockt*.« »Was ist los?«, fragte Patrick neugierig. »Man red doch mal Klartext! Oder hat dich Westvills Sprachgewandtheit schon so gefangen genommen?« »Ja, ich bin halt von 'nem Baumhaus gesprungen, um sie zu retten«, sagte ich und drückte mich extra unverständlich aus.
So lange hatte er mich hier schmoren lassen, da war ein bisschen Rache erlaubt, dachte ich grinsend. »Wie bitte?«, fragt er geschockt und man merkt, wie er am anderen Ende verrückt wurde, weil er sich aus meinen

Satzstückchen keinen sinnvollen Inhalt zusammenreimen konnte.
In Kurzfassung erzählte ich ihm, was in den Wochen seit Eira und er weg waren, passiert war.
Die Sonne verabschiedete sich langsam aus Westvill und ich beschloss, den Park ein anderes Mal zu suchen und mich jetzt wieder auf den Rückweg zu begeben. Das Handy noch am Ohr.
»Man, scheiße ey. Echt mal. Das ist ja ein kranker Mist«, regte sich Patrick auf. »Ich hatte ja echt keinen Plan, was mit Marla los sein könnte. Klar hab ich mir auch so meine Gedanken gemacht – aber wer konnte denn so was ahnen?« »Das sag ich dir. Ich hab vorhin auch gedacht, ich hör nicht richtig. Das war super hart, sie da so vor einem sitzen zu sehen und diese Geschichte zu hören. Das ist echt... ich krieg jetzt schon wieder feuchte Augen, wenn ich dran denke.«
»Tut mir echt leid, dass ich nicht wiedergekommen bin«, sagte er mit gedämpfter Stimme. »Zu zweit wäre es sicher anders gekommen.« »Hmpf ja... kann schon sein«, sprach ich betrübt in den Hörer. »Weißte, was jetzt n Riesenproblem ist?« »Na?« »Sie weiß noch nicht, dass ihre Eltern bisher nicht wieder aufgetaucht sind. Sie denkt,« ich schluckte, »dass sie morgen nach Hause kommen und ihr Dad wie immer vor dem Fernseher sitzt und ihre Mum abends gestresst von der Arbeit kommt.« »Aber keiner wird da sein...«, sagte Patrick dramatisch. »Ja genau. Ich weiß nicht, was ich machen soll. Echt nicht! Nichts gegen dich jetzt, aber es kotzt mich an, dass ICH hier alles klären muss, weißt? Ich schaff das langsam nicht mehr.«
Auf der anderen Seite des Handys herrschte stilles Mitgefühl.
»Klar, ich bin glücklich, mehr als das sogar, denn Marla spricht wieder. Aber ich hab Angst, dass sie wieder in so eine Art Trance fällt, wenn sie morgen erfährt, dass ihre Eltern nicht wieder aus'm Urlaub zurückgekehrt sind...«

»Ähm. Und, und kannst du nicht mal die Polizei fragen? Die können doch... Dann sollen die mal das Reisebüro anrufen oder so.«
»Hmm ja... Ja das ist ne gute Idee. Ich hoffe, da ist jetzt noch jemand auf dem Revier.«
Ich begann zu laufen. Meine Wunden schmerzten. Ich musste noch heute Klarheit haben, was mit Marlas Eltern geschehen war. Bisher war das für mich ein nebensächliches Thema gewesen. Ein kleines fehlendes Puzzleteil im großen Rätsel um Marla, so gesehen. Doch die Bedeutung dieser Sache wuchs mit jedem Augenblick, in dem der nächste Morgen näher rückte. »Ich meld mich bei dir, Pat«, sagte ich atemlos und folgte der letzten Abbiegung auf dem Weg zur Praxis.
»Okay man. Dann viel Glück!«

34.

Ich wurde langsamer und meine Schritte kürzer, als ich in den Hortensienweg einbog.
»Halt, junger Mann«, rief eine Stimme hinter mir. Ich drehte mich um und ahnte schon, wer dort stand. Doktor Beier kam auf mich zu, er trug einen beigen Parker und einen schwarzen Hut.
»Hat dir meine Schwester nicht gesagt, dass du im Bett zu bleiben hast?«, fragte er und zog eine seiner buschigen Augenbrauen hoch. »Ja ähm schon. Wissen Sie, ich musste mal raus. Raus aus dem Zimmer. Wollte nachdenken.« Ich senkte den Kopf. »Tut mir leid.«
»Eigentlich fördert zu viel Bewegung nicht gerade den Heilungsprozess der Wunden und Knochen. Hast dir da ja wirklich ganz schön was zugezogen... Aber, ich denke, du hast einiges zu verarbeiten. Hast heute schon mit der kleinen Porz gesprochen, wie ich gehört hab?«
»Ja.« Ich überlegte. Er stand vor mir und lächelte milde. In seiner Hand eine Plastiktüte mit dem Apothekenzeichen darauf. Sicher hatte er gerade Medizin für seine Praxis eingekauft.
Mir brannten so viele Fragen auf der Zunge, dass ich sie ihm einfach stellen musste. »Herr Doktor, ich weiß, Sie haben Schweigepflicht, aber ich muss unbedingt wissen, was an dem Tag passiert ist, an dem sie mit Familie Kaiser zu ihnen nach Hause gefahren sind. An dem Tag, wo sie den blutenden Benjamin behandelt haben.« Er sah mich verdutzt an und fuhr sich mit der freien Hand durch seinen Oberlippenbart. »Lass uns in meiner Praxis darüber reden«, entgegnete er schließlich mit gesenkter Stimme. Ich nickte und folgte ihm.

Drinnen nahm ich auf seiner dunkelblauen Arztliege Platz. Er setzte sich hinter seinen mit wichtig aussehenden Zetteln und Arztinstrumenten voll gestellten Schreibtisch. Beugte sich runter und kramte in einer der

Schubladen.»Möchtest du auch ein paar Gummitiere?«, fragte Doktor Beier mich, als hätten wir alle Zeit der Welt.
»Eigentlich kauf ich sie für die Kinder, aber meist kann ich nicht widerstehen und esse sie selbst.« Er lachte und ein Goldzahn blitzte in seiner oberen Zahnreihe auf.
»Nein danke.« Ich grinste gezwungen mit und hoffte, dass wir nun endlich anfangen konnten.
»Nun, ich erinnere mich, dass die Kaisers vollkommen außer sich in meine Praxis gestürmt kamen. Es sei etwas mit ihrem Jungen. Ich müsste sofort mitkommen und so weiter. Ich nahm meinen Notfallkoffer, der sich später wirklich als nützlich erwies...« Er beugte sich zu mir vor, legte seine Arme auf den Schreibtisch und sah mich durchdringend an. »Du musst mir versprechen, dass dieses Gespräch nie stattgefunden hat, wenn wir fertig sind. In Ordnung?« »Ja natürlich. Natürlich.« »Ich bekomm sonst wirklich Ärger.«
Er lehnte sich wieder zurück und guckte nachdenklich an die Decke. Dann fuhr er fort.
»Nun, ich fuhr mit meinem Wagen und den Kaisers im Schlepptau zu deren Haus. Auf dem Weg erklärten sie mir aufgeregt, durcheinander redend, dass es einen Streit gegeben hätte. Der Vater hatte die Tageszeitung gesucht und sie beim Sohn gefunden. Der hätte sie wohl versteckt gehabt. Daraufhin sei Herr Kaiser laut geworden-« »Warum?«, fragte ich gespannt auf die Antwort.»Nun, es ging da um einen besonderen Artikel, dass überall in der Umgebung Graffiti-Schmierereien stattgefunden hätten. Unsere Stadt war betroffen, aber auch die Crest Insel. Und laut der Aussage des Vaters war ihr Sohn der Schuldige. Sie haben sich wohl angeschrien. Ich hatte sowieso den Eindruck, dass sie nicht gut auf ihren Benjamin zu sprechen waren. So reden Eltern normalerweise nicht von ihrem Jungen. Die Mutter hielt sich zurück, aber der Vater... aber nun gut... Ich kam dort an. Und Marla stand beim Haus. Ich hab

sie nicht weiter beachtet. Es ging ja um Leben und Tod, das hatten mir die Eltern klar gemacht. War Marla mit ihm befreundet?« Ich nickte.
Eine Fliege surrte hilflos hinter den gräulichen Metalljalousien und knallte immer wieder gegen die Fensterscheibe.
»... bei dem Streit waren scheinbar richtig die Fetzen geflogen. Ein Keramikteller lag zerbrochen auf dem Boden. Und der Junge hatte sich mit einer dieser Scherben die Pulsadern aufgeschnitten. Schrecklich so was.« Er schüttelte den Kopf. »In diesem Alter...«
»Was ist dann passiert?«
»Nun«, wieder fuhr sich Doktor Beier durch den Bart. »Ich hab ihn wieder zusammengeflickt. Wollte ihn bei mir behalten zur Beobachtung und zu weiteren Untersuchungen. Er hatte viel Blut verloren und mit Selbstmord ist nicht zu spaßen, weißt du? Aber da sind die Eltern hysterisch geworden. Noch viel mehr als sie es eh schon waren an diesem Tag. Sie wären dankbar, dass ich so schnell gehandelt hätte und so weiter, aber sie hätten einen Spezialisten dafür in der Stadt. Und sie würden sofort mit ihm dorthinfahren. Ich weiß nicht, was die Menschen von außerhalb immer denken. Natürlich ist Westvill ein verschlafendes Kaff. Das ist noch nett ausgedrückt – fragen Sie mal meine Schwester.« Er lachte schroff. »Aber trotzdem haben wir hier doch genauso viel Ahnung wie die Mediziner in der Stadt. Und ich kann hier genauso gut einen kranken Jungen behandeln, wie die dort drüben. Bin schließlich schon seit Jahrzehnten Arzt und hab bisher jedes Kind wieder hinbekommen.«
Mir schien, dass er keine Ahnung von den geistigen Abgründen Benjamins hatte und ich hatte nicht vor, ihn darüber aufzuklären. Viel zu viele Fragen waren noch offen.
»Ja, so sind sie«, antworte ich. Doch der Satz war nicht mehr als ein Füller. Ein Mittel, um auf ein neues Thema

zu kommen.»Und sagen Sie: Waren Sie dabei, als Sie vor zwei Tagen im Haus der Kaisers waren? Als Sie Benjamin gefunden haben...«
Es fühlte sich komisch an darüber zu reden und ich versuchte jeglichen Augenkontakt mit dem Doktor zu vermeiden, obwohl er wirklich sympathisch wirkte. Viel zu unwirklich und ungewohnt war es über tote Menschen zu sprechen. Noch dazu, wenn sie auf solch ungewöhnliche Art aus dem Leben geschieden waren.
»Nein, nicht direkt...«, sagte er kurz und schien zu überlegen, ob er mir noch mehr anvertrauen konnte und sollte. Sicher war, dass er noch mehr wusste.
»Wissen Sie, die Polizei hat ihre speziellen Leute für solch etwas Schreckliches. Aber mit dem zuständigen Arzt war ich auf der Uni. Ein alter Freund sozusagen. Und da ich auch schon kurzen, heftigen Kontakt mit dem Jungen hatte, ließ mich die Sache natürlich nicht los. Ich hab ihn also gefragt. 'N bisschen nachgehakt, wenn man so will. Ein fachliches Gespräch unter Freunden.« Er grinste leicht.
Meine ungegipste Hand klammerte sich gespannt an die Kante der Arztliege.
»Benjamin hatte sich erhängt. Schon monatelang hing er dort. Schrecklich, wirklich schrecklich. Es soll bestialisch in seinem Zimmer gestunken haben, wie man sich ja vorstellen kann. Und dort stand eine frische Lilie im Zimmer! Kann man sich das vorstellen? Es wird immer schlimmer. Immer schlimmer. Früher hat es solche Dinge nicht gegeben... Diese ganzen Fernsehserien und Computerspiele machen die Menschen krank!« Fassungslos schüttelte er den Kopf.
Nun war ich mir vollkommen sicher, dass er sich noch nicht mit Marla unterhalten hatte, und das bestätigte meine Vermutung, dass ich ihre Geschichte als erste gehört haben musste.
»Und und...«, begann ich und versuchte meine nächste Frage zu formulieren.

»Noch etwas?«
»Ja. Tut mir leid, dass ich Sie so ausfrage. Aber es gibt noch eine Sache, die mich wirklich beschäftigt.« Er beugte sich erneut vor. Sein Stuhl knarrte. Er nahm seine Brille ab und legte sie auf den Tisch, rieb sich die Augen und setzte sie wieder auf. Dann sah er mich neugierig an.
Sicherlich fragte der Doktor sich, wieviel ich über all die Dinge, die mit Benjamin zusammenhingen, wusste.
»Marla, weiß noch nicht, dass ihre Eltern... nicht wieder aufgetaucht sind«, sagte ich niedergeschlagen.
»Was, wie bitte?«, polterte er los. »Deshalb waren sie die Tage also noch nicht in meiner Praxis!«
Ich konnte mir kaum vorstellen, dass Frau Hinnings nicht mit ihrem Bruder darüber geredet hatte, wusste doch sicher die halbe Stadt, dass es Marla nicht gut ging und die Eltern nicht auffindbar waren.
»Ja, ähm. Ich bin ja jetzt schon seit ein paar Monaten im Haus der Porz. Und sie sind bisher nicht aufgetaucht. Ich dachte, dass Sie vielleicht eine Ahnung hätten, wo sie stecken...« Ich verstummte und sah ihn hilflos an.
»Nein. Nein. Ich... Das ist ja schrecklich! Monate sagen Sie? Ich hatte ja keine Ahnung. Wissen Sie, ich war Mitte Juli mal bei Marla zu Hause. Sie sah wirklich nicht gut aus. Aber ihre Nachbarin hatte mir erzählt, dass sie im Urlaub wären – also die Eltern – und sicher bald zurückkommen würden. Die Nahliks wollten nach ihr sehen und mir Bescheid geben, wenn sich ihr Zustand verschlechterte. Auf Grund dessen hab ich ihr nur Tabletten gegeben. Sie schien einen Nervenzusammenbruch gehabt zu ha-«
»Aus diesem Urlaub sind die Porz nie wieder zurück gekommen«, unterbrach ich ihn leise.
»Das ist ja... Das ist ja... Haben Sie denn nicht die Polizei verständigt?«, fragte er aufgeregt.

»Nein«, sagte ich und fühlte mich zutiefst schuldig. »Ich, ich dachte. Also für mich war Marla das Hauptproblem.«
»Mensch, Junge. Das ist ja... Ich... Ich werd... Du gehst dich ausruhen jetzt und ich versuch... Du meine Güte! Ich werd mich schlau machen. Geh jetzt. Geh jetzt!« Schweißperlen liefen seine Stirn herunter, als er mich mit einer Handbewegung anwies, den Raum zu verlassen. Mit der anderen wählte er hektisch eine Nummer auf seinem weißen Telefon.

35.

Je näher ich der Berghütte kam, desto grauer wurde der Himmel. Die Wolken hingen tief hier. Einzelne waren schon fast schwarz gefärbt. Die grünen und braunen Felder, die ich von den ersten höhergelegenen Straßen wie große Puzzelteile gesehen hatte, waren schon seit einer Weile im Nebel der Höhe verschwunden. Kleine dunkelgrüne Sträucher grüßten mich im Vorbeifahren und der erste Schnee schien nur noch ein Augenzwinkern entfernt zu sein. Auf den Kuppen der Berge hatte ich ihn schon von Westvill aus erblickt. Es begann leicht zu regnen.
»Nicht das auch noch«, fluchte ich vor mich hin während kleine Wasserperlen die Seitenfenster wie mit einer undurchschaubaren Gardine bedeckten.
Der alte Scheibenwischer auf der Fahrerseite, der andere musste schon vor Jahren den Dienst quittiert haben, kämpfte unermüdlich und kratzte sich im langsamen Intervall über die Scheibe. Ich konnte nicht beurteilen, was schlimmer war: Die Schlieren, die das dreckige Wischblatt zog, oder der Regen, der zusätzlich zum Grau um mich herum das Erkennen der Straße zu einem nervensägenden Unterfangen machte.
Der Motor unter der zerbeulten Haube tuckerte laut, aber beruhigend vor sich hin.
Ich war mittlerweile seit zwei Stunden unterwegs. Von unten sah es lange nicht so weit aus, aber das Fahren auf den Serpentinen erwies sich als ziemlich zeitraubend.
Ernüchternd hatte ich am Anfang der Fahrt festgestellt, dass das Radio dem Beispiel des rechten Scheibenwischerarms und des linken Blinkers gefolgt war und sich nicht betätigen ließ. Und auf Singen hatte ich auch wenig Lust. Eigentlich war diese eintönige Fahrt auch bitter nötig, hatte dieser Tag doch schon viel zu früh und hektisch begonnen.

Es wurde kälter und die Scheiben im Auto begannen zu beschlagen. Ein ursprünglich gelber Schwamm, mittlerweile war er schon fast schwarz, klemmte zwischen dem Hebel der Handbremse. Ich nahm ihn und versuchte damit die Seitenfenster wenigstens einigermaßen durchschaubar zu bekommen. Wie ich so mit einer Hand am Lenkrad, mit der anderen an der Scheibe, verrenkt im Auto hing, regte ich mich erneut darüber auf, dass ich diese Straße alleine hochfuhr. Gerade gestern hatte ich mich bei Patrick darüber beschwert und schon heute lasteten wieder der ganze Druck und alle Erwartungen auf mir.

Die Sonne schien wieder und ich hatte einen Teil der Wolkendecke hinter mir zurückgelassen. Kleine Schneeberge knirschten unter den großen Rädern des blauen Transporters.
Nachdem ich an einer alten stillgelegten Raststätte im Holzhüttenstil vorbeigefahren war, wurden die Straßenverhältnisse immer schlechter. Links neben mir tauchte eine riesige baumfreie Schneise auf. Sie lag wie eine reine Zunge zwischen den bewachsenen Berghängen. Ich ignorierte die orangen Lawinengefahr-Warntafeln, die im immer kürzeren Takt an der Straßenseite auftauchten, und drückte aufs Gaspedal. Meine Anspannung stieg.
Ich warf einen kurzen Blick auf die zerknitterte Karte auf dem zerfledderten mit kaffeebefleckten Beifahrersitz neben mir. »Ich müsste gleich da sein«, sagte sie mir. Gleich würde ich Klarheit haben. Oder zumindest wissen, ob Marlas Eltern jemals hier aufgetaucht waren. Wenn nicht, wo waren sie an Stelle dessen hingefahren? Und warum waren sie nicht zurückgekehrt? Nach Westvill. An den Ort, an dem ihrer Tochter so schreckliche Dinge widerfahren waren.
Die blauen Ecken eines Schildes blitzten im Vorbeifahren am Fahrbahnrand auf. Ich bremste. Der Transporter

rutschte leicht auf der glatten Straße weg und kam einige Meter später zum Stillstand.
Ich presste tiefe Fußabdrücke in den Schnee, als ich aus dem Auto sprang und zum Schild rannte. Meine Hand wischte über das kalte Metall. Das Weiß rieselte zu Boden und auf meine Hose. »*Berghütte Romantico 1,5 km*«.

Ich sah mich um. Wäre mir das Schild nicht im letzten Moment aufgefallen, hätte ich auch den zugeschneiten Weg übersehen. »Mir ist schleierhaft wie ich dort mit dem Wagen durchkommen soll«, dachte ich, mit vor Kälte zusammengekniffenen Augen.
Es schien, dass hier schon seit Ewigkeiten niemand mehr langgefahren war. Auf dem Weg hierher hatte ich mehrere der hölzernen Telefonmasten, die Doktor Beier beiläufig erwähnt hatte, umgeknickt in den Straßengräben liegen sehen. Es stimmte also und vielleicht waren Marlas Eltern die Letzten, die bis hier oben gekommen waren.
Eine furchtbare Ahnung machte sich in mir breit. »Von welchem Ausmaß waren die Lawinenrutschen vor ein paar Monaten?« Ich versuchte positiv zu denken und nahm mir vor, die letzten Meter zur Hütte zu Fuß zu gehen.
Nachdem ich mich versichert hatte, dass der Transporter niemanden behinderte und ich mich mit meinem Rucksack bewaffnet hatte, stapfte ich los. Der Weg war so unberührt, dass es schwer fiel zu glauben, dass hier überhaupt schon einmal Menschenfüße in freudiger Erwartung auf einen schönen Urlaub zu Zweit lang gewandert waren.
Schneebedeckte Tannen nahmen kaum Notiz von mir. Viel zu glücklich, zu diesem Traum einer Gebirgslandschaft zu gehören, blickten sie drein. Ich musste an eine schöne Postkarte denken, auf deren Rückseite etwas Schockierendes stand.

Schnaufend kam ich vor einem Holzhaus zum Stehen, das fast vollständig unter einer dicken Schneedecke schlief. Doch immerhin sah es nicht so aus, als hätte sie Schaden von den Lawinen in dieser Gegend genommen. Ich atmete erleichtert auf, da ich die Hütte endlich und dann noch in scheinbar gutem Zustand gefunden hatte. Und dennoch fragte ich mich, welche dunklen Geheimnisse sie in sich barg.

Doch zunächst kam mir ein anderes Problem in den Sinn, über das ich vorher noch gar nicht nachgedacht hatte. Wie sollte ich überhaupt Zutritt zur Hütte bekommen? Ich hatte keinerlei Schlüssel oder Werkzeug mitgenommen und konnte mir beim besten Willen nicht vorstellen, dass sie offen stand.

Ich rüttelte an der Tür und eine Ladung Schnee fiel mir vom Dach auf den Kopf und in den offenen Kragen meiner Jacke. Kurz stockte mir der Atem vor Kälte, dann schüttelte ich das Weiß von mir und rüttelte erneut an der Tür. Und plötzlich stand sie tatsächlich einen Spalt auf. Mein Herz begann noch schneller zu schlagen als nach der Schneedusche im Augenblick zuvor.

Ein beißender Geruch brannte sich wie ein Feuer aus dem Inneren in die klare Gebirgsluft. Ich zog die Tür mit aller Kraft ganz auf. Was sich als nicht gerade einfach erwies, lag doch der ganze Eingangsbereich voller Schnee.

Das Sonnenlicht schien interessiert in den vorderen Bereich der Hütte. Die Luft war dünn, aber erträglich.

Doch was ich da zwischen den Schatten und vereinzelten Lichtstrahlen erblickte, presste so hart auf meine Lunge, als sollte ich niemals ein Wort über das Gesehene verlieren.

36.

Dumpf hörte ich Schritte. Zuerst hielt ich sie für Teile meines Traums, bis plötzlich die Tür aufgestoßen wurde, ein kalter Windhauch in mein Krankenzimmer blies und Marla, vollkommen aufgebracht, vor mir stand.
»Marko, sag mir nicht, dass meine Eltern nicht wieder zu Hause sind!«, forderte sie aufgebracht, ihre Hand umklammerte zitternd den Türgriff. »Sag mir nicht, dass sie seit Monaten nicht mehr aufgetaucht sind!«
Ihre Wangen waren rot, genauso wie ihre verweinten Augen. Ihre brüchige Stimme klang mehr verzweifelt als anschuldigend. Sie trug ihr schwarzes, zerknittertes Placebo T-Shirt. Es hing verloren, viel zu groß, über ihren hängenden Schultern.
Ich saß vom einen zum anderen Moment kerzengerade im Bett. Mein Puls schlug schnell und meine Narbe brannte schuldbewusst unter dem Verband.
Ich hatte die ganze Nacht über diesem Problem wach gelegen, und als ich dann gegen Morgen eingeschlafen war, war mir immer noch keine passende Lösung eingefallen. Ich senkte den Kopf und sagte leise: »Sie sind nicht wieder nach Hause gekommen, Marla. Es, es tut mir leid.«
Ihr dünner, abgemagerter Körper zitterte. Sie kämpfte gegen die über sie einbrechen-wollenden Weinanfälle an. »Schon, schon gut. Du konntest ja auch nichts machen«, schluchzte sie und kam rüber zu meinem Bett. Es quietschte leicht, als sie sich an mein Fußende setzte.
Sie versuchte ihren Atem zu beruhigen. »Was denkst du, was mit ihnen passiert ist? Glaubst du, dass sie... sie leben doch noch oder, Marko?« Dieser Satz, sie schien ihn vorher selbst in ihren Gedanken gemieden zu haben, gab ihr den Rest. Sie fiel weinend mit dem Oberkörper nach vorne auf meine Bettdecke. Ihre

schwarzen gelockten Haare bedeckten ihr Gesicht. Ihr Kopf bebte schluchzend unter ihnen.
Ich wollte irgendetwas sagen, aber Marlas Zustand schnitt mir jedes Wort ab, noch bevor ich es zu Ende denken konnte.
Doktor Beier kam aufgeregt ins Zimmer. Er trug seinen weißen Arztkittel und die Brille mit geldstückdicken Gläsern hing schief in seinem Gesicht.
»Hör zu, Junge-« Er hielt kurz inne, als er Marla zusammengekauert auf meinem Bett liegen sah. Dann schloss er die Tür.
»Hör zu. Ich hab alles organisiert. Hab alles geklärt. Hab mit dem Reisebüro-« Marla richtete sich wieder auf und strich sich die Haare, die an ihrem Gesicht klebten, aus dem Gesicht. »Doktor, haben sie was von meinen Eltern gehört?« »Nun, nein, mein Kind. Ich hab beim Reisebüro angerufen. Es ist so, das in diesem Herbst zwei Lawinen das Schilangebirge heimgesucht haben.« Marla stöhnte leise auf. Ich legte meine warme Hand auf die ihre.
»Telefon- sowie Strommasten waren davon betroffen. Deshalb konnten sie keinen Kontakt zu den Hütten aufnehmen. Die Straßen sind wohl erst seit zwei Wochen wieder frei geräumt und bisher war noch niemand der Besitzer oben, um nach dem Rechten zu sehen. Die Frau war sich aber ziemlich sicher, dass die Lawinen unterhalb der vermieteten Hütten wüteten. Sie sagt aber auch«, er sah Marla mitleidig an, »dass sich Familie Porz nicht wieder zurück gemeldet und die Schlüssel abgegeben hätte.«
Marla hatte ihr nasses Gesicht an meine Brust gepresst und wimmerte leise in mein weißes Schlafshirt. Mein aufgeregter Herzschlag passte sich ihrem kurzen, schnellen Atem an.
»Und haben Sie die Polizei erreicht, Doktor?«, fragte ich und streichelte Marla sanft durch die Haare.

»Ja, allerdings«, seine Stimme bekam einen ärgerlichen, ironischen Unterton. »Die Herren, unsere Freunde und Helfer, haben mir mitgeteilt, dass sie Erwachsene erst eine Woche nach dem Verschwinden der Personen suchen würden.« Er schnaubte verächtlich. »Natürlich habe ich ihnen gesagt, dass sie schon seit Monaten vermisst werden. Nur das dies bisher nicht gemeldet worden sei.«
Er sah mir in die Augen und ich konnte dem Blick nicht standhalten. Viel zu schuldig fühlte ich mich an der ganzen Sache.
»Aber das schien sie nicht zu interessieren. *Es wäre so, dass vermisstgeglaubte öfter nach drei Tagen wieder zu Hause auftauchen würden...*« Er schüttelte den Kopf und fuhr sich mit zwei Fingern über den Schnurrbart. Die Rillen in seinen großen Händen glänzten schweißig im Morgenlicht.
»Was immer ich tun kann«, begann ich. »Nun, das habe ich vorausgesetzt. Du bist der Einzige von den Betroffenen Personen die etwas... nun ja, nachforschen können. Ich wusste nicht, ob du mit einem Auto hier nach Westvill gekommen bist und da ich meins für Notfälle benötige, habe ich dir den alten Transporter von Frank Melsens organisiert. Du musst zur Hütte! Das ist unsere einzige Chance. Ich gebe dir Aspirin gegen die Schmerzen und eine Karte mit dem Standpunkt der Hütte mit. Los aufstehen, aufstehen! Komm in mein Behandlungszimmer, wenn du fertig bist! Dann bekommst du den Autoschlüssel und einen Verband anstatt des Gipses.«
Doktor Beier stürmte aus dem Raum. Der Saum seines Mantels verschwand hinter dem Türrahmen im Flur.
Ich war froh, dass es ihm nicht gleich war, was hier passierte und er sich so in die Sache reinhängte. Aber jetzt war einfach nicht der richtige Zeitpunkt für Danksagungen.
»Marla, ich muss jetzt...«, sagte ich und berührte ihr Gesicht sanft mit beiden Händen, so dass sie zu mir

aufsah. Ihre nassen Augen blitzten mich hoffnungsvoll an. Sie war noch immer das Schönste, was ich mir vorstellen konnte. Selbst jetzt, in diesen schrecklichen Wochen.
»Marko. Versprich mir, das du mir meine Eltern zurückbringst, ja?«, flehte sie mich an. »Ja, ich versprech's dir, Süße«, flüsterte ich ihr zu. Sie küsste mich kurz auf die Wange, bevor sie aufstand und ein heißer Impuls, wie ihn nur Marla bei mir auslösen konnte, durchdrang meinen angeschlagenen Körper und ich schwor mir, mit guten Nachrichten und zu dritt nach Westvill zurückzukehren.

37.

Ich ließ mich in den Schnee fallen. Mein Herz schlug mit Hammerschlägen gegen meinen Brustkorb. Mein Verstand weinte »Nicht schon wieder.«
Meine Finger, im Schnee steckend, wurden taub. Mein Blut gefror und meine Jacke wurde mir zu eng. Viel zu eng, um darin zu atmen.
Zzzzz.
Ich zog den Reißverschluss hektisch auf.
»Nein, nein«, drang es verzweifelt aus meinem Mund und ich rappelte mich wieder auf. Schnee fiel von Jacke und Hose zu Boden.
Der Gestank drang immer noch aus der Hütte. Es stank schrecklich – nach Tod.
Ich kämpfte mit mir, einzutreten. Doch mein Verstand wollte sich vom eben Erblickten überzeugen. Wollte sichergehen. Also betrat ich die Berghütte »*Romantico*«, dessen Name nie hätte unpassender sein können.
Details verschwammen im Dunkel, den mein Schatten in den Raum warf. In der Mitte, als hätte niemals ein Windhauch ihre Körper berührt, hingen zwei Personen, in einer embryoähnlichen Haltung.
Ich fingerte nervös am Lichtschalter, rechts neben der Tür, doch nichts geschah. Ich holte die Taschenlampe, die ich schon im Haus der Kaisers eingesteckt hatte, aus meinem Rucksack. Langsam glitt ihr schwachgelber Lichtkegel den Holzfußboden entlang. Berührte, Erfurcht vor den Toten habend, deren zusammengebundene Füße und floss sanft über deren steifgefrorene Körper.
Ich zitterte.
Fragte mich, wer solch eine grausame Tat vollbringen konnte. Doch wusste ich die Antwort nicht schon?
Ich stand noch immer mit einem Fuß auf der Eingangsschwelle, als es mich plötzlich fast aus der Tür riss. Das Licht der Taschenlampe, mittlerweile auf Schulterhöhe der zusammengeketteten Leiber der Porz angekommen,

malte ein übergroßes, wie von Kinderhand gekrakeltes Herz an die Holzwand dahinter.
Ich begriff erst nicht und hielt es für einen Zufall. Oder dachte, ich hätte mich verguckt. Schatten konnten böse Spiele mit einem fantasievollen Verstand spielen. Das wusste jedes Kind, das nachts nicht schlafen konnte, weil das Mondlicht entsetzliche Formen durch die Äste und Blätter eines Baumes ins Zimmer warf.
Genauso war es in diesem Moment.
Erneut leuchtete ich die gefrorenen, erstarrten Körper ab. Eiskristalle glitzerten auf den Wangen von Marlas Eltern und ihre Haare glänzten wie die Borsten eines Pinsels, kurz nachdem man ihn in schwarze Ölfarbe getaucht hatte.
Ich traute mich näher ran.
Wieder huschte der gelb leuchtende Kreis der Taschenlampe an den zwei Personen vorbei, die mit mir im Raum waren. Das Herz erschien, mal mehr mal weniger genau, auf den Holzbohlen und mir fiel ein Satz aus Marlas Geschichte ein. *»Ich wusste, wie gerne er Dinge inszenierte«,* hatte sie gesagt. Und ich fragte mich, ob dies eins seiner kranken schizophreniegeplagten Spiele war?
Ich schauderte und schlich um die aufgehängten Eltern, die wie aussortierte Marionetten wirkten. Suchte ihre Körper mit der Lampe nach Merkmalen ab, die vielleicht auf einen Kampf schließen ließen. Doch ich fand nichts. Sie trugen normale Kleidung, keine Winterjacken oder Mützen, keine Handschuhe. »Sicher hatte Benjamin sie überrascht«, stellte ich mir vor.
Sie waren nicht erhängt worden, so wie er es vor einigen Monaten selbst getan hatte, dafür waren die Seile, die die Zwei an der Decke hielten, falsch angebracht. Sie liefen unter ihren Armen entlang, ließen ihre Rücken einen verkrampften Katzenbuckel machen, während die Köpfe in einem 30 Grad Winkel schräg nach unten zeigten. Die Hälse waren, wie auch die Füße, zusammenge-

bunden, damit sich die beiden Körper nicht aus ihrer Herzform entfernen konnten.
Herr und Frau Porz lebloser Hüllen berührten sich durch diese eigenwillige Positionierung ihres Mörders an der Stirn. Ihre Kinns an den Brustkorb gedrückt. Die Beine waren ebenfalls schräg nach vorne gestreckt und bildeten so das untere Dreieck des Herzens.
Ich konnte mir nicht vorstellen, wie zwei Menschen in solch einer Form steif, nur an jeweils einem Strick, im Raum hängen konnten.
Mit verdrehten, geöffneten Augen schauten sie in die Hütte, in der sie eigentlich ihren Urlaub verbringen wollten. Speichel war an ihren Mundwinkel für die Ewigkeit gefroren. Ihre Haut glänzte blau.
Der Lichtschein von draußen ließ mich meine Atemwolken sehen, die in unregelmäßigen Abständen und unterschiedlicher Größe vor mir aufstiegen.
Ich starrte apathisch auf dieses grausame Bild. Konnte mich kaum abwenden. Minuten vergingen, in denen ich einfach nur fassungslos vor Marlas Eltern stand und versuchte zu begreifen, was hier vorgefallen war.
Mein Blick fiel auf den Sims des Kamins, an einer der Wände. Ein sorgfältig sortierter Stapel aus zusammengefalteten Zetteln rief mich hämisch zu sich. Ich ging langsam auf ihn zu. Das Holz knarrte unter meinen Füßen. Nur ungern wandte ich Marlas Eltern den Rücken zu, auch wenn es sicher war, das sie sich nie wieder aus eigener Kraft bewegen würden.
Mit eiskalten Fingern entfaltete ich ungeschickt die Zettel aus gelbem Papier. Ging nach draußen. Brauchte ordentliches Licht zum Lesen.
Außerdem war mir schlecht.
Die Holzwände hatten den Verwesungsgeruch regelrecht aufgesaugt. Obwohl ich mir sicher war, dass die niedrigen Temperaturen den Verwesungsprozess seit Monaten noch im Rahmen hielten und verlangsamt hatten. Wie eine Gefriertruhe etwa.

Ein kleines Quecksilber-Thermometer am Türrahmen verriet mir mit seiner blauen Flüssigkeit, dass es zehn Grad unter Null waren.
Ich stapfte mühsam durch die Schneewehe an der Vorderfront und lehnte mich gegen die Hauswand. Schaute in die Sonne, atmete tief durch und begann zu lesen.

Hallo Marla.

Mir war klar, dass du herkommen würdest.
Hast du unseren Abend genossen?
Wie ist es, deine Eltern wiederzusehen? Hast ja so nach ihnen geschrien, als wir uns das letzte Mal spürten.
Benjamin hat mir von einer Begebenheit erzählt, die er sehr schön fand.
Dieser romantische Idiot!
Ich konnte ja leider nicht teilnehmen.
Er hatte diese weißen Helfer, mit denen er mich ruhigstellen wollte.
Ich hoffe, du kannst dich noch an mein Lachen erinnern. Denn genau das schallt gerade durch diese kleine Hütte.
Nichts hat es ihm geholfen. Nichts!

Und du warst auch nie in der Lage dazu.
Das ist der Lauf der Dinge, Marla.
Oder hast du vor, in den Kreislauf des Lebens einzugreifen?

Aber nun zurück zu eurer kleinen Geschichte...
Ich will dich ja nicht länger als nötig aufhalten. Du willst jetzt sicher Zeit mit deiner Familie verbringen. Oder sollte ich »mit meinem Werk« sagen?
Weißt du, ich hab dich extra am Leben gelassen, damit du heute hierherkommen konntest. Ich hoffe, du weißt das zu schätzen...

Benjamin erzählte mir, ihr hättet an einem Tag im Juli Fotos gemacht. (Du kannst ja mal deine Eltern danach absuchen, wenn du willst. Deine Perlenkette wirst du auch wiederfinden, die hatte ich mir als Pfand mitgenommen. Wollte ja sicher gehen, dass es genügend Gründe für dich gibt hierher zu kommen. Ich weiß ja, wie sehr ihr Menschen auf solche materiell-romantischen Dinge steht.)

Oh, wie ich gerade lächle, Marla.
Das kannst du dir gar nicht vorstellen.

Aber ihr habt nicht nur Fotos gemacht.
~~Weißt du noch~~
Ach nein, ich bin mir sicher, dass du es noch weißt:
Er hatte ein Herz in die Weide auf dem neuen Grundstück geschnitzt. Ich konnte in seinen Gedanken sehen, wie glücklich du warst.
Weißt du noch, als er sich dabei in den Finger geschnitten hat? Für Liebe kann man ruhig mal bluten, stimmt's?

Wie ist es? Nickst du gerade, Marla?
Oder tropfen deine kalten, unnützen Tränen auf das Papier?

Ich hielt es für an der Zeit, dass dir diese Liebe auch mal etwas Schmerz bereitet.
Denke aber nicht, dass ich Mitleid mit Benjamin habe.
Dafür hat er mich viel zu oft mit seiner Hoffnung und unzähligen Tabletten ruhig gestellt.
Es ist nur Rache, weil er nicht auf mich gehört hat.
Und weil du die ganze Sache unnötig hinausgezögert hast.

Als unsere Nacht auf dem Spielplatz vorbei war, hab ich »deinen Schatz« das letzte Mal schwach gespürt.

Er hat an alle möglichen Dinge gedacht, die mit dir zu tun hatten.
Dummer romantischer Idiot.
Er hatte NIE eine Chance gegen mich.
Niemals.

Und bei der Szene mit dem Herz, ist mir dann die Idee für DAS hier heute gekommen.
Ich hoffe, es hat dich genauso berührt wie mich.
Hat ganz schön Arbeit gemacht, bis die beiden endlich steif gefroren waren und so gehalten haben wie du sie eben angetroffen hast.
(Medikamente hatten hierbei mal zur Abwechslung eine positive Wirkung. Du würdest nicht glauben, wie weit und schnell man die Körpertemperatur eines Menschen damit senken kann.)

Lass ruhig die Tür eine Weile auf und sie werden zusammensacken, wie ihr schwachen Menschen es alle tut, wenn die Liebe kein starkes Bild mehr zeichnet.
Ein Herz...
Ich hoffe du verstehst.

Es wäre ärgerlich, wenn mein Werk an dem dummen Unverständnis eines Mädchens scheitern würde.

Hier möchte ich enden.
Gerne darfst du dir wieder mein Lachen zu Ohren führen.
Ich habe noch einen Termin mit Benjamin.
Ein letztes Mal will ich ihm eine Lilie ans Fenster stellen.
Es ist wirklich schade, dass er nicht mehr im Stande ist, sie wahrzunehmen, nicht wahr?
Drum hoffe ich, dass du so schnell wieder zurück bist, dass du sie noch in voller Blüte sehen kannst.
(Aber ich bin sicher, das wirst du...)

Zum Schluss versäume ich natürlich nicht,
dir zu danken, Marla.
Danken, dass du dem schwachen Idioten das Herz gebrochen hast.
Ich hätte es nicht besser machen können.
Liebe und Hoffnung hatten seine Stimme oft lauter als alle von meinen sprechen lassen.
Doch du hast sie zum Schweigen gebracht.
Dafür vielen Dank!

Ergebens
Dein...
(Nun hier einen Namen einzusetzen, halte ich für unsinnig und viel zu dramatisch menschlich.)

Fassungslos zerknüllte ich den Abschiedsbrief, aus dem mich jeder der kleinen, blauen Buchstaben auszulachen schien und warf ihn weit weg von mir in den Schnee.
Ich atmete laut.
Wut und Trauer, wie ich sie noch nie in meinem Leben fühlte, kamen in mir auf. Als breche ein Damm in meinem Körper, der alles, den Schutz und all den Glauben, den ich von zu Hause mitbekommen hatte, mit einer schwarzen, dreckigen Welle überflutete.
»Ich hab versagt«, dachte ich benommen und verbittert, als ich mich in den Schnee setzte.
Ich musste an Marlas hoffnungsvolle Augen denken, als ich aus Westvill losfuhr. An ihr Lächeln, in einem schöneren Jahr als diesem.
Es brach mir mein Herz, dass ich all das wohl nie wieder an ihr sehen würde, wenn ich erst einmal zurückgekehrt war.

Die Sonne zog so emotionslos wie an jedem Abend ihre helle Decke über die Bergspitzen des Gebirges, während ich Worte suchte, die diesen Sommer beschreiben konnten.

Während ich Worte suchte, die bald Dinge beschreiben mussten, die ich selbst nicht verstand.
Meinen Kopf in die eiskalten Hände gestützt, saß ich hier im Gebirge an einer Holzhütte. Weit weg von zu Hause, wo noch alles in Ordnung war.
Weinte.
Verfluchte diesen beschissenen Juli, in dem meine Geschichte begann und fühlte mich hilfloser als ich es jemals zuvor gespürt hatte.